# TAORMINE

## DU MÊME AUTEUR

BUREAU DES ILLETTRÉS, *roman, 1992*
LE COURS CLASSIQUE, *roman, 1995*
ALERTE, *roman, 1996*
MOTEUR, *roman, 1997*
MONPARNASSE REÇOIT, *théâtre, 1997*
LA CONCESSION PILGRIM, *théâtre, 1999*
LE DRAP, *roman, 2003* (“double”, n° 128)
DIEU EST UN STEWARD DE BONNE COMPOSITION, *théâtre, 2005*
PRIS AU PIÈGE, *roman, 2005*
L’ÉPAVE, *roman, 2006*
BAMBI BAR, *roman, 2008*
CUTTER, *roman, 2009*
ENLÈVEMENT AVEC RANÇON, *roman, 2010* (“double”, n° 87)
UN NOTAIRE PEU ORDINAIRE, *roman, 2013* (“double”, n° 98)
LA FILLE DE MON MEILLEUR AMI, *roman, 2014* (“double”, n° 103)
SANS ÉTAT D’ÂME, *roman, 2015*
TROIS JOURS CHEZ MA TANTE, *roman, 2017* (“double”, n° 117)
PAS DUPE, *roman, 2019* (“double”, n° 122)
ADULTÈRE, *roman, 2021*

*Chez d’autres éditeurs*

LA TABLE DES SINGES, *roman*, Gallimard, *1989*
PUDEUR DE LA LECTURE, Les Solitaires intempestifs, *2003*
CARRÉ BLANC, Les Solitaires intempestifs, *2003*

YVES RAVEY

# TAORMINE

*LES ÉDITIONS DE MINUIT*

L'ÉDITION ORIGINALE DE CET OUVRAGE A ÉTÉ
TIRÉE À TRENTE EXEMPLAIRES SUR VERGÉ DES
PAPETERIES SCHLEIPEN NUMÉROTÉS DE 1 À 30
PLUS HUIT EXEMPLAIRES HORS COMMERCE
NUMÉROTÉS DE H.-C. I À H.-C. VIII


www.leseditionsdeminuit.fr
7, rue Bernard-Palissy, Paris VIe

*À Marie-Joëlle*

# 1

Sorti de l'aéroport de Catane-Fontanarossa, j'ai engagé la voiture de louage dans le premier rond-point vers le nord, direction Taormine.

L'idée que nous commencions nos vacances me réchauffait le cœur. De temps à autre, Luisa tournait les pages de son guide touristique de la Sicile. Ainsi j'oubliais nos derniers instants passés ensemble, proches de la séparation, car cela vaut la peine d'être retenu : après ces journées difficiles, nous avions besoin, l'un comme l'autre, de calme et de repos.

# 2

Plus loin, la mer a surgi d'entre les arbres courbés par le vent. J'ai ralenti l'allure devant une pancarte indiquant la première plage venue : l'icône d'un parasol suivi d'un cornet de glace. Sans réfléchir en vérité, j'ai pris d'office la sortie d'autoroute pour gagner la voie de raccordement, une zone de travaux, ou supposée telle, car plus rien n'était indiqué, cette fois. Ni panneau routier, ni balise de chantier, seulement un avertissement : Attention, sortie de camions. En italien. Mais je ne parle pas l'italien, ou si peu. De là, bifurquant vers la droite, nous avons roulé sur un chemin de terre battue, bordé par une végétation luxuriante. Sans que cela inquiète Luisa, qui, cependant, m'a demandé ce qu'on faisait sur cette piste.

La voiture a débouché sur le parking d'un snack-bar. L'endroit, occupé par des machines de chantier et des empilements de matériaux derrière des grillages, paraissait désert à première vue. Mais qu'importe. Plus loin, c'était de nouveau le symbole du parasol, dessiné à la peinture rose sur un panonceau en bois défraîchi. Notre chemin de terre se poursuivait au-delà du parking, puis disparaissait parmi la végétation, juste après le premier virage bordé par un pylône électrique. J'ai conçu sans peine qu'un peu plus loin, sur notre gauche, on rejoignait directement la nationale et la voie de raccordement.

J'ai proposé une courte halte à Luisa, le temps qu'elle découvre la mer. De toute évidence, la plage, indiquée pauvrement, certes, mais indiquée, n'était pas très loin. Suffisait de traverser ce terrain vague qui s'étendait devant nous, occupé en partie par des outils de chantier et des tuyaux de béton géants.

L'atmosphère n'était pas lumineuse, pas franchement. Pour un premier jour de vacances, c'était même assez décevant. Je suis entré dans le snack-bar. Le barman se tenait accoudé derrière son comptoir. Je lui ai commandé deux cafés express, en indiquant le percolateur. Il a posé, sans un mot, mais ça m'était égal, les deux consommations sur le comptoir, et je suis ressorti, encombré des deux tasses et de leurs soucoupes, en poussant la porte battante, avec mon mocassin.

Dehors, le vent s'était mis à souffler. Il transportait avec lui, non des effluves marins, comme je m'y attendais, ce qui m'a de nouveau déçu, mais une poussière jaunâtre et grise, ce que j'ai attribué à la présence des engins de chantier.

Luisa patientait en lisant son magazine acheté à l'aéroport, appuyée contre l'aile avant de la voiture. J'ai franchi le pas, malgré le risque couru de manifester mon humeur : en avait-elle fini, oui ou non, avec son magazine ? et que tout recommence de notre discorde de l'avant-veille... Mais elle a plié consciencieusement la revue, avant de la ranger, tant bien que mal, dans la poche arrière de son jean. D'un autre geste, elle a dit sa déception de ne pas apercevoir la mer. Par contre, elle a manifesté son plaisir d'être là, au milieu de nulle part, après ces trois longues heures de vol.

Les tasses, en équilibre instable, retenues par les soucoupes, tremblotaient et s'entrechoquaient entre mes doigts. J'ai pris garde à ne pas renverser de café en les posant sur la table aux lattes de bois fraîchement repeintes en rouge vif, ainsi que les chaises à tubes métalliques. J'ai répondu à Luisa : je ressentais la même chose qu'elle. Oui, ai-je ajouté, on peut appeler cela de la déception. C'était comme si nous avions manqué quelque chose, comme si, prenant cette bifurcation sur l'autoroute, nous n'avions pas, façon de parler, excuse-moi, Luisa, frappé à la bonne porte. Mais, de toute évidence, certainement, il y avait, pas loin d'ici, une plage de sable, et non ce terrain vague abandonné aux tuyaux de béton.

Bien évidemment, je regrettais d'avoir emprunté, par erreur, cette sortie-là. De ce point de vue, et pour tout dire, je ressentais une forme d'échec, mais comment s'y prendre, si on ne peut plus faire confiance aux panneaux routiers, Luisa, non, tu n'es pas d'accord… ? c'était bien inscrit plage, sur la droite, je n'ai pas rêvé quand même. Elle m'a fait remarquer que les travaux étaient indiqués par des feux clignotants, à la fin d'une zone de ralentissement. Puis elle a repris la lecture de la revue tirée de sa poche. J'ai poursuivi : tout ici nous était inconnu, il était donc facile de se tromper. Aussi je ne me suis pas privé de dire à ma femme, redevenue silencieuse, qu'elle n'était pas seule à éprouver de la fatigue après le vol, moi aussi, j'avais besoin de repos. Le mieux serait donc de repartir au plus vite et de gagner l'hôtel. Mais elle avait envie d'explorer ce chemin vers la côte, qui traversait le terrain vague. J'ai répondu, on devait se presser maintenant, reprendre la voiture. C'était couru, cependant, Luisa ne quitterait pas les lieux sans avoir profité de ce premier instant face à la mer. Elle attendait ce moment depuis des mois, elle ne le manquerait pour rien au monde.

J'ai observé que, dans ce cas, nous devrions marcher, un peu plus loin, derrière ces empilements de tuyaux et de plaques de béton, de gaines en matière plastique orange et souple, sans doute le projet de relier la nationale directement à la plage, pourquoi pas ? ai-je imaginé. Mais en quoi cette découverte concernait-elle nos premières heures de vacances ? En quoi était-ce intéressant ? Nous avons donc contourné le matériel de chantier, pour gagner un chemin de terre.

Luisa me précédait maintenant. Elle était pieds nus, le sac pendu à son épaule, ses espadrilles de couleur vive à la main. J'ai couru pour revenir à sa hauteur. Je ressentais cette nécessité de ne pas décevoir Luisa. Et pour cause, c'était quand même moi qui avais choisi la Sicile, et sélectionné l'hôtel parmi des dizaines d'autres sur le catalogue. Seule, ma femme avait élaboré notre programme touristique et culturel. Elle évoluait maintenant d'un pas léger et mesuré, mais ferme. D'après la configuration du terrain, si nous avions voulu atteindre la plage la plus proche, il aurait fallu dépasser l'extrémité de la jetée que nous apercevions maintenant, émergeant de la légère brume.

Le soleil déclinait. Luisa sautillait d'un galet à l'autre. Elle m'a fait signe, d'un geste simulant l'essoufflement, que la grève était encore loin, et qu'effectivement, notre sentier à travers les herbes ne menait nulle part. J'ai alors calculé, elle n'avait pas tort, que nous disposions de peu de temps avant l'arrivée à Taormine. Et j'ai regretté ce retard pris à l'aéroport, l'incompréhensible file d'attente devant l'agence de location de voitures.

D'ici, le parking n'était pas si loin. Nous avons donc poursuivi notre route. À mi-chemin, séparé par une butte, c'était un campement de tentes, des femmes et des hommes autour d'un réchaud, le dossier d'un canapé enfoncé dans l'herbe, des accessoires éparpillés à même le sol. J'ai pris soin de rester à distance. Précaution inutile, Luisa, ça lui était égal, au contraire, elle adorait les rencontres. Elle tournait maintenant le dos aux habitants du campement, mains sur les hanches, à scruter l'horizon. Son chemisier frissonnait sous le vent. J'ai préjugé que, malgré sa fatigue, elle s'aventurerait trop loin, ce qui risquait d'accentuer notre retard. Je l'ai donc appelée, à contresens du vent qui soufflait maintenant par rafales dans la mauvaise direction. Elle ne m'a pas entendu, ou alors, elle percevait seulement par bribes le simple écho de ma voix. Je l'ai rejointe en pressant le pas, mains dans les poches, tête baissée. Je la savais déçue, je l'ai dit, usant de prudence, certes, mais je l'ai dit : La mer, à cette heure-ci, Luisa, ce n'est pas une bonne idée. En fait, tu sais, tout bien calculé, ici, je m'en rends compte à l'instant, on perd notre temps. Mais selon elle, débarquer en Sicile sans atteindre la moindre plage restait un non-sens.

Nous sommes revenus sur nos pas. Avant de reprendre la route, elle a revêtu un pull de laine en mohair framboise, tiré de la valise, et nous sommes restés devant le snack-bar, assis l'un contre l'autre. J'ai redit à Luisa que je tiendrais ma promesse de vacances réussies. Elle s'est penchée contre mon épaule, déclarant que je parlais pour moi seul, et si je disais cela, a-t-elle ajouté, c'était pour me convaincre moi-même que j'en étais capable, car, dans le fond, je n'en étais pas certain.

Finalement, à force de discuter, le vent n'ayant pas cessé, nous nous sommes réfugiés dans le snack-bar. Le serveur s'est dit désolé de la gêne occasionnée par le chantier, il a parlé de travaux d'adduction d'eau, sur toute la longueur de la côte, ajoutant que ça prendrait des mois. Puis il nous a servi un thé glacé, sur une table en retrait dans le fond de la salle. Luisa, revenue à notre discussion, a voulu savoir ce que je voulais dire quand j'utilisais cette expression : vacances réussies ? si ces deux mots concernaient, disons, l'organisation matérielle ? ou s'ils avaient à voir avec son bien-être à elle ? Je lui ai répondu, je me demande si ce ne serait pas mieux d'attendre notre installation à l'hôtel pour discuter de tout cela. Luisa a répondu qu'elle attendrait.

Puis, elle a déplié la carte routière. Elle a dit, c'est égal, cette idée de vacances réussies ou non, l'essentiel à mes yeux, vois-tu, Melvil, c'est le moment présent. J'ai posé la carte routière sur le comptoir. Le barman m'a indiqué le trajet jusqu'à

Taormine, ce n'était pas difficile : suivre l'autoroute en longeant la côte. En réalité, c'était plutôt une façon de discuter. Aussi, Luisa, de ce point de vue, n'avait aucun besoin du service du barman, elle parlait couramment l'italien. Déjà, à l'aéroport, elle s'était entretenue sans problème avec la responsable de l'agence de location de voitures, quand, au terme d'une discussion longue et compliquée, celle-ci avait fini par nous faire admettre le montant d'une franchise d'assurance supplémentaire.

À la sortie du bar, l'atmosphère s'était assombrie. J'ai pris le volant, mais, avant de démarrer, Luisa, par sécurité, et parce que je ne l'avais pas fait en prenant possession des clés, m'a demandé de tester les phares, aussi de vérifier les voyants lumineux sur le tableau de bord. J'ai déclaré que c'était inutile, cette voiture fonctionnait à merveille, mais Luisa, désolée, n'a rien voulu entendre. Elle est sortie un instant pour inspecter les veilleuses, répliquant sur un ton vif qu'on n'était jamais assez prudent, puis elle est revenue s'asseoir côté passager. J'ai mis le contact. Un rideau de pluie s'est abattu sur nous. Les ampoules de couleur, accrochées à la façade du snack-bar, se sont allumées en dansant, agitées par le vent, le long de leur fil électrique. J'ai pris le chemin de terre, direction présumée de la nationale. De là, nous gagnerions l'autoroute par la voie de raccordement. L'orage va cesser, ai-je dit à Luisa, tu sais, ce n'est pas rare, ces petites averses, au mois d'avril, je l'ai lu dans le guide.

# 3

Nous avons roulé sur quelques mètres, entre les flaques de boue. Les petites lumières du bar dansaient toujours dans le rétroviseur. Je pouvais encore les apercevoir. La pluie s'était à peine atténuée, dégageant très peu de visibilité. De grosses gouttes tambourinaient sur la carrosserie. J'ai craint un orage de grêle. Luisa m'a demandé si j'avais vraiment consulté le guide, et si le mois d'avril était bien la bonne saison pour visiter la Sicile. Qu'importe, j'ai roulé sur le côté droit, en évitant les ornières, attentif à ne pas manquer la prochaine intersection conduisant à la voie de raccordement avec l'autoroute. Encore quelque cinq cents mètres, tu vois, Luisa, nous y sommes presque. On distinguait à peine les bas-côtés, malgré les phares allumés. J'ai demandé à Luisa de surveiller attentivement la piste, et de me signaler tout danger. Elle m'a rappelé, était-ce le moment ? qu'on n'aurait peut-être pas dû quitter l'autoroute si vite, on aurait dû attendre la prochaine sortie, ou alors, de toute façon, éviter ce genre de piste. Pour elle, c'était évident, a-t-elle soupiré, mais pour moi… ? Puis ce fut le choc. Un coup violent donné contre la carrosserie. Sur l'avant droit de la voiture. J'ai pensé d'abord à un ennui mécanique, mais l'impact était trop fort, et c'est vite sorti de ma tête. Plutôt, j'étais entré en collision avec un obstacle. J'ai aussitôt pensé à la base en ciment du pylône électrique aperçu du snack-bar. Je l'aurais heurté sur le bas-côté, sans rien voir. Possible. J'ai viré sur la gauche, pour gagner le milieu de la piste. Et très vite, en haut de la pente, quelques mètres devant nous, m'est apparue l'intersection avec la nationale, signalée par un panneau de perte de priorité, sous la flèche jaune déviation.

J'ai ralenti, demandé à ma femme ce qui s'était produit. J'avais accroché quelque chose. Elle l'a dit. Luisa avait aperçu une forme sur le chemin, dans le faisceau des phares. Comment ça, une forme ? me suis-je inquiété, la carrosserie a dû encaisser un sacré choc ! Je n'ai pas compris, s'est affolée Luisa, c'était contre ma portière. Tu n'as rien vu ? Non, je n'ai rien vu. J'ai alors pensé au matériel en béton entreposé devant le parking du snack-bar, dans ce cas, je me serais tapé un engin de chantier, sans le voir… ? Un véhicule de service… pourquoi pas ? Un choc pareil… ! Je ne sais pas… Et Luisa m'a demandé de stopper. La pluie a repris de plus belle. Je me suis laissé déporter sur le bord du talus. La route était ravinée. La voiture penchait. J'ai craint de m'être enlisé, difficile dans ce cas, toutes prévisions confondues, de redémarrer… J'ai stoppé, coupé le moteur, baissé ma vitre, malgré la pluie. Dehors tout était calme. Nous sommes restés silencieux. Seule, maintenant, la respiration haletante de Luisa. Je me suis demandé si je n'aurais pas, par hasard, manqué la sortie, ou pris tout bonnement une autre route.

Le visage de ma femme disparaissait dans la pénombre. Sa main droite courait sur la portière, ses ongles crissaient en grattant le métal, heurtant le tissu, à la recherche de la poignée d'ouverture. Je lui ai recommandé de se calmer. J'ai dit : Pense à nos vacances, Luisa ! tu ne vas pas commencer ! Il ne s'est rien passé, tout juste si j'ai heurté, je ne sais pas, moi, mais quel fracas ! Ici, d'après ce que je comprends, il faut s'attendre à tout… On va donc repartir, je redémarre, écoute-moi, on roule tranquillement, jusqu'au croisement, là-bas, à peine plus loin. C'est tout près, je te dis.

Luisa est parvenue à ouvrir sa portière en tâtonnant. Je lui ai donné l'ordre de la refermer : Tu tires la poignée, Luisa ! Tu la laisses venir à toi ! et tu restes sur ton siège ! Elle voulait en avoir le cœur net. Elle a dit, j'ai vu une forme, je te dis, on a percuté quelque chose, je ne sais pas, c'était… C'était quoi, Luisa ? enfin ? C'était… c'était, oui, je crois, une forme. J'ai repris mon calme. J'ai ajouté que, dans ce cas, ce ne pouvait être qu'un animal, c'est classique, et c'est bien le genre, ici, un animal errant, ou alors un chien, dans ce cas, un gros, vu le choc, peut-être le chien du snack-bar, on ne sait jamais, tu n'as pas vu s'il avait un chien ou non, ton barman ? Tu as bien parlé avec lui en italien, non ?

Luisa est sortie, elle est restée un instant devant la portière ouverte, et je me suis penché pour la tirer par le bras. Elle m'a dit, il faut reculer, avec la voiture, on retourne au bar, on ne sait jamais. Non ! impossible de faire demi-tour, Luisa. On repart. Je te préviens, c'est la dernière fois. Tu remontes… ! Elle a repris sa place et refermé sa portière.

J'ai redémarré. Prudemment. Sans brutaliser l'accélérateur. Nous n'étions pas enlisés, et j'ai dû laisser échapper un cri de victoire. Alors, Luisa m'a demandé si ça valait vraiment le coup de se réjouir. La visibilité était mauvaise, mais, par chance, la pluie avait faibli. J'ai supposé, atteignant presque le bord de la nationale, que ce choc important sur le côté pouvait correspondre à une collision avec un être humain, mais je me suis bien gardé d'en parler à Luisa. Le mieux, en ce cas, était de disparaître. J'ai pensé aussi, ce serait plus prudent de téléphoner à l'hôtel, pour les informer de notre retard, je n'avais aucune idée de l'heure, à cause de l'obscurité, ni en regardant au tableau de bord, luminosité trop faible, ni à mon poignet, cadran trop sombre, mais c'était évident, la nuit était avancée.

De nouveau, j'ai gagné le bas-côté, au ralenti, pour dépasser l'intersection avec la nationale et rouler tranquille sur une centaine de mètres. Enfin, j'ai stoppé le long du talus, coupé le contact, et fouillé dans mon sac, à la recherche du dépliant contenant le numéro de téléphone, sans le trouver. Je me suis souvenu l'avoir posé sur la table du bar, en même temps que la carte routière, quand nous avions pris un thé glacé. Ensuite, qu'avais-je fait ? j'avais déplié la carte routière. Donc, si j'avais un souvenir exact de ce qui s'était produit avec cette carte, la discussion avec le serveur, et les quelques mots échangés au passage d'un autre client, il était évident que le dépliant avait suivi le même chemin que la carte routière. Celle-ci, je l'avais abandonnée à côté de nos deux canettes de thé glacé aux agrumes, après avoir discuté. C'est fréquent, je pose mon smartphone sur la table et je l'oublie.

Tu dis que tu as laissé le dépliant de l'hôtel sur la table du fond dans le snack-bar ? m'a demandé Luisa. Donc, on ne peut pas téléphoner. J'ai répondu que le mieux, une nouvelle fois, serait de repartir, tout de suite. Je regrettais maintenant de m'être arrêté. Il fallait continuer. Il peut encore pleuvoir, et le vent, tu as senti le vent ? En arrivant à Taormine, il sera temps de se reposer.

Luisa m'a demandé pourquoi je n'avais pas tout bonnement, comme tout adulte responsable, enregistré le numéro de l'hôtel dans la liste d'adresses de mon smartphone. J'ai rétorqué que ce n'était pas le moment de me poser des questions. Nous en reparlerons calmement, demain, par exemple, au bord de la piscine, devant un verre. Une chose qu'il ne faut pas oublier, Luisa, nous sommes venus en Sicile pour prendre des vacances, alors on s'en préoccupe. J'ai remis le contact, réglé de nouveau le rétroviseur, direction la voie de raccordement, complètement défoncée, puis la bretelle d'autoroute, quelques kilomètres plus loin.

La jambe de Luisa m'est apparue, à peine éclairée par la veilleuse sous la boîte à gants. Je me suis aperçu qu'elle saignait, une tache brillante, mais je n'ai pas émis la moindre observation. J'ai prévenu qu'il faudrait redoubler de prudence dorénavant, et j'ai relié cette crainte que j'éprouvais de poursuivre ma route dans l'obscurité, en direction du nord, à l'avertissement de l'employée de l'agence de location. Elle m'avait prévenu, la Sicile, c'est un pays magnifique, qui réserve aussi de mauvaises surprises aux touristes imprudents, ou malchanceux. Faites attention aux routes. Ce que j'ai confié à Luisa : Aussi bien, cette femme, très sympathique dans le fond, contrairement à ce que nous avions considéré, c'est dans un seul but, rendre service, qu'elle nous a vendu son complément d'assurance.

J'ai posé ma main sur l'épaule de Luisa, effleuré les boucles de ses cheveux à hauteur de la nuque, et ressenti la chaleur de sa peau. Je lui ai dit que je me sentais au centre d'une aventure. La chance, nous étions deux. Vois-tu, Luisa, je ne sais ce qui s'est passé sur ce chemin, je parle de ce choc, mais, peut-être, nous avons évité un problème. C'est toujours un peu mouvementé, ces voyages à l'étranger. En même temps, je me demande ce qui a bien pu te passer par la tête de vouloir à tout prix te rendre sur cette plage. Luisa ne m'a pas répondu, elle avait hâte d'arriver. Mais l'idée germait dans mon esprit que ce serait difficile de gagner l'hôtel. Et pourquoi serait-ce si difficile ? me suis-je demandé. Parce que j'ai le sentiment, et là, je l'ai dit à Luisa, j'ai le sentiment que ce n'est pas évident de sonner à la porte de l'hôtel en plein milieu de la nuit. On va réveiller tout le monde, en plus du gardien, et je n'en ai pas envie. D'ailleurs, je suis étonné de n'avoir pas reçu d'appel de la réception. Moi, je n'ai pas leurs coordonnées, mais eux ont les nôtres. Aussi je me demande, et je te le demande à toi, Luisa, comment, dans ce cas, on justifie une arrivée aussi tardive ?

Luisa trouvait parfaitement normal qu'un couple de touristes soit retardé par un accident, tout simplement, ou par un retard d'avion, ça peut arriver à tout le monde. Nous avons voulu longer la côte, il n'y a pas d'explication à donner, Melvil, ça ne regarde personne qu'on se soit égarés, on est majeurs et vaccinés, non ?

Habité par la crainte, justifiée ou non, d'être poursuivi par un éventuel propriétaire de chien, ou de tout autre animal, et gardant cela pour moi seul, j'ai quitté l'autoroute une seconde fois, sans prévenir, à partir de la pancarte apparue sous la faible lueur des phares, le temps de lire, Gravinnella di Catania, sur un panneau rouillé, aux lettres plus ou moins lisibles. Nous avons longé une route plus étroite, qui devait partir en direction de l'Etna, ai-je présumé, en tout cas, à la pente de plus en plus raide. Luisa a demandé ce qui m'avait pris de changer de direction, à cette heure-ci… sans demander son avis… ? J'ai dit, j'avais besoin de repos, je souhaitais m'arrêter dans le premier village. Et ce fut, au prochain croisement, un autre panneau indicateur, Nicoloso, à droite. Gravinnella, à gauche. J'ai pris Gravinnella.

## 4

Aucun bruit sur la place. Seule, une boutique d'alimentation et de la lumière. J'ai acheté une bouteille d'eau fraîche, du jus de fruits et deux sandwichs. Je n'ai su tout de suite pourquoi, mais la paix qui régnait dans ce village m'a donné du baume au cœur. De l'arrière-boutique me parvenait en sourdine la musique d'un film. Un poste de télévision, écran noir et blanc, occupait le rayon supérieur d'une étagère. J'ai marché jusque-là, déclarant à Luisa, de loin, que j'en avais pour cinq minutes, et je me suis adossé au mur dans la réserve de l'épicerie, pour tenter d'abord de deviner le titre du film. J'ai demandé ensuite, avec beaucoup de gestes des mains, et quantité de maladresses, un produit pharmaceutique désinfectant. L'épicier m'a tendu ce que je demandais.

Luisa m'a rejoint. J'ai nettoyé sa plaie à la jambe. Elle se laissait faire, assise sur une chaise, à l'intérieur de la boutique, les yeux rivés sur l'écran en surplomb, concentrée sur l'histoire racontée par le film. Luisa a, comme moi, identifié cet acteur universellement connu, qui apparaissait maintenant, en pleine conversation avec un autre homme à veste d'officier, marchant dans une ruelle, peut-être à Venise, mais je n'en étais pas certain. Ensuite, nous nous sommes rendus devant le magasin, où se trouvaient quelques tables, et nous avons consommé, sur invitation de l'épicier, ce qui devait être un potage. Luisa en connaissait le nom. Elle a déclaré que ce potage était le mets préféré de son père, le professeur Gozzolli. La mère de Luisa avait l'habitude de cuisiner ce consommé de légumes et de pâtes, dans un bouillon très épicé, où surnageaient de menus morceaux de viande.

J'ai demandé à l'épicier s'il connaissait le nom de cet hôtel à Taormine : Via del Mare ? Il a souri, introduit les mains dans les poches de sa blouse bleue, déclarant qu'à Taormine, les hôtels, ça ne manquait pas. Il serait incapable, a traduit

Luisa, d'en dénommer un seul, il y en a peut-être cent, alors vous pouvez toujours chercher dans l'annuaire, ou dans vos adresses sur le mobile, ou sur votre ordinateur, a-t-il ironisé, vous ne trouverez jamais. D'ailleurs, ça l'étonnait que nous débarquions à une heure pareille dans Gravinnella, sans savoir où on allait dormir, car, je vous le signale quand même, vous êtes exactement dans la direction opposée à Taormine. Poussé par la curiosité, il a demandé d'où on arrivait, et j'ai coupé court à la discussion, en évitant évidemment de dire que nous avions atterri à Catane, ensuite que nous nous étions arrêtés le long de la côte, pour jouir une première fois, en toute sérénité, du paysage et de la vue sur la mer. J'ai donc dit, sur le ton de l'évidence, qu'on arrivait du nord, du côté de Palerme, et ce fut tout.

L'épicier rangeait sa terrasse. Il saisissait les chaises, une à une, par le dossier, puis il les empilait à côté d'un distributeur de boissons fraîches. Il les attachait ensuite avec une chaîne et un cadenas contre le mur occupé par des étagères contenant les accessoires pour touristes, dont du matériel de plongée amateur, et des jouets de plage. J'ai proposé à Luisa de retourner dans la voiture. Elle m'a demandé, installée sur son siège, prête à repartir : Pourquoi ne pas se rendre directement à Taormine ? pourquoi ce détour ? L'épicier a raison, c'est un peu stupide de rester là.

Comment t'expliquer, Luisa ? cette atmosphère, ce snack-bar au milieu des engins de chantier… on a eu raison de partir, je t'assure, et si tu n'es pas convaincue, je le redis, c'est mieux comme ça. Là-bas, on ne connaissait personne. Elle m'a demandé quel danger on avait couru en marchant vers la plage. Ici non plus, dans ce village désert, on ne connaît personne. Et là-bas, sois un peu sérieux, Melvil… on s'est contentés d'une petite promenade pour voir la mer. Sans rien faire de mal.

J'ai regardé l'heure, plus de minuit ; alors je me suis tourné du côté de l'épicerie, et j'ai chuchoté, de crainte d'être entendu : Dès l'aube, sois sans crainte, on se rend à Taormine, et, sitôt arrivés, j'explique à l'hôtelier qu'on a rencontré des ennuis, un problème au décollage, ce qui motivera notre retard, c'est tout. Personne, ni dans ce snack-bar, ni sur ce chemin de terre, ne saura jamais d'où on est arrivés, ni qui on était.

Mais, selon Luisa, on n'avait pas à se justifier.

Elle l'a redit. D'ailleurs, rappelle-toi, Melvil, on en a déjà discuté dans la voiture. Puis, le silence. Elle était sur le point de s'endormir, visage tourné contre la vitre. Mon geste de toucher son siège l'a fait tressaillir. Elle s'est remise en position assise, tant bien que mal, tête baissée : Que s'est-il produit, s'il te plaît, Melvil, pour qu'on se retrouve ici, dans ce village, en plein milieu de la nuit ? non, vraiment, explique-toi : qu'est-ce que je fais ici ? Et pourquoi avoir quitté l'autoroute sans prévenir ? Si tu veux tout savoir, Luisa, d'abord j'ai cru qu'on était suivis, ça peut paraître stupide, mais, sache-le, ça m'a complètement retourné, cette histoire, ce choc à l'avant.

L'épicier a fermé son auvent, puis éteint la boutique, et nous sommes restés au pied de la maison communale, contiguë à l'épicerie, face à la place déserte. Luisa m'a posé une nouvelle question, qui avait trait à ma crainte d'être suivi. Elle a dit : Je ne vois pas qui on pourrait intéresser, franchement, Melvil, ça va un peu loin ton histoire de filature. Je sais que tu es inquiet, mais quand même. Elle s'est blottie dans le creux de son siège, et m'a demandé une couverture. J'ai répondu qu'on était dans une voiture de location, et qu'il n'y avait aucun équipement, ni plaid, ni couverture. Luisa a baissé le dossier de son siège, pour le transformer en couchette, puis elle s'est contorsionnée, d'un côté, puis de l'autre, à la recherche d'une position acceptable pour dormir.

Ça a frappé contre la vitre. Je me suis redressé. En face de moi, c'était l'épicier. J'ai ouvert la portière. Il avait une chambre disponible. J'ai répondu que nous n'étions pas à la recherche d'une location pour la nuit, nous repartions dès l'aube. Mais ça ne lui suffisait pas. Il a ouvert la portière de Luisa. Je lui ai demandé de nous laisser. Mais sa chambre était libre, il a désigné ma femme : Madame pourrait visiter, même pour quelques heures, c'est possible.

Luisa est sortie. Elle en avait assez. Jamais, de toute sa vie, a-t-elle insisté, elle n'avait imaginé passer la nuit dans une voiture, et quelle voiture. Dans l'attente, l'épicier s'est adossé à la porte de sa boutique, bras croisés. J'ai invité Luisa à regagner sa place, elle s'est exécutée. Je l'ai prévenue : Je préfère la discrétion, ça devrait te paraître évident, non ? Mais dans quel but ? m'a-t-elle demandé, tu penses encore à cette histoire de choc près du snack-bar ? dans ce cas, Melvil, il aurait fallu t'y prendre autrement, accepter de faire marche arrière comme je te l'ai dit. Mais comme d'habitude, monsieur n'a rien voulu savoir.

Elle est repartie devant l'épicerie. L'homme n'avait pas éteint la veilleuse à l'intérieur de la boutique. Sa silhouette, dessinée à contre-jour devant la porte, se découpait sur la faible clarté venue de sa vitrine réfrigérée. Il avait ôté sa blouse bleue à martingale, et patientait toujours. Aussi j'ai noté, au-dessus de lui, un néon violet antimoustique, protégé par une grille. Il a invité Luisa à entrer dans son magasin. Je devais les suivre, par obligation, je me suis donc extrait de la voiture, en massant ma jambe droite, pour atténuer la contraction douloureuse d'un muscle, due à ma position inconfortable contre le volant.

Luisa s'est tournée vers moi, après avoir franchi le seuil de la boutique, puis elle m'a lancé un regard de reproche. Ses yeux m'ont évoqué les impératifs de son père, le professeur Gozzolli, me concernant. J'ai choisi d'attendre devant l'épicerie, puis au pied de l'escalier intérieur, qu'ils empruntaient pour atteindre l'étage, en discutant. Là non plus, je ne comprenais pas tout à fait ce qu'ils disaient, mais apparemment, cet homme, très prévenant, avait remarqué la fatigue de Luisa. J'ai alors pensé que je pourrais sans doute lui emprunter une couverture. Je la lui restituerais, soigneusement pliée, sur une des chaises, devant sa boutique, avant de repartir.

Sans savoir vraiment pourquoi, et contre toute prévision, je me suis senti, de nouveau, familier de ce village. Alors je me suis surpris à penser que ce serait tout aussi bien de passer les quelques jours en Sicile dans ce petit bourg, et non dans un quatre-étoiles à Taormine. La place, devant la maison communale qui abritait un petit musée ethnographique, m'a paru agréablement dessinée, bordée d'amandiers, dont la partie centrale, un belvédère, formant un grand demi-cercle, donnait sur la vallée. J'ai scruté l'obscurité, mais je ne pouvais apercevoir grand-chose, seulement des feux, au loin, dont je ne connaissais pas l'origine, qui scintillaient ici et là.

Luisa est redescendue par l'escalier à vis, suivie de l'épicier. La chambre lui convenait, on pouvait passer la nuit, c'était son avis. Elle m'a demandé de payer l'épicier. J'ai alors évoqué ma promesse d'un séjour dans un hôtel de luxe. Et je me suis demandé comment réagirait son professeur en médecine de père, quand elle lui raconterait avoir dormi dans une chambre d'un village reculé, en pleine montagne, sachant qu'elle avait déjà payé la chambre d'hôtel. J'ai répondu, sans chercher le moindre argument, d'un ton placide, qu'on pouvait attendre tranquillement dans la voiture. Ma femme s'est approchée. Elle m'a saisi les poignets, en tournant le dos à l'épicier qui m'observait. Alors, là, Melvil, je ne te comprends pas, on peut passer la nuit bien au chaud dans une chambre ravissante, c'est très bien entretenu, et toi, non seulement tu refuses, mais voilà qu'en échange, tu me proposes le siège avant d'une voiture bas de gamme. Si on ne dort pas ici, dans cette chambre, alors on repart. Je lui ai rappelé, point par point, combien nous avions été contraints, par prudence, et vu les circonstances liées à notre retard, de ne pas rallier l'hôtel tout de suite. Si on nous attendait au prochain croisement ? Tout est possible, tu sais. Je ne voyais pas davantage quelle était la nécessité de payer une chambre pour quelques heures. Conclusion, on finit la nuit ici, dans la voiture. Moi aussi, Luisa, il ne me déplaît pas, ce village, mais pas au point de loger dans son épicerie.

Elle en est revenue à ma supposition d'un animal errant, et j'ai dit : Je t'arrête tout de suite, j'ai évoqué cette possibilité, je le reconnais, d'un animal errant, ou d'un chien, peut-être le chien du snack-bar, ou supposé tel, mais je regrette maintenant d'en avoir parlé, car tu t'es mis dans la tête qu'il y avait un chien cette fois sur le bord de la route. Et moi, je dis : ça suffit ! Luisa m'a alors reproché de n'avoir pas vérifié sur place ce qu'il en était. En fait, d'après elle, je n'avais pas hésité à repartir, alors que le mieux aurait été de revenir sur nos pas, et de raconter notre histoire au barman du snack-bar, qui, dans ce cas, aurait pu nous rassurer. La vie est plus simple quand on s'explique, a-t-elle dit en grelottant, me prenant maintenant par la main. Elle est revenue vers l'épicier : Mon mari n'est toujours pas d'accord, et je vais me rendre à son avis. Quant à moi, j'ai noté, à voix haute, plutôt pour me justifier, que j'avais besoin de réfléchir, il était presque une heure du matin… L'épicier est revenu avec un oreiller, qu'il a tendu à Luisa. Le froid tombait. J'ai dit que, si je faisais tourner le moteur cinq minutes, et si je réglais le chauffage de la voiture, dans ce cas, ce serait supportable. Luisa m'a de nouveau pris la main, l'oreiller sous son bras, à quoi l'épicier a joint une couverture de laine, que ma femme n'a pas refusée, et j'ai remercié chaleureusement cet homme.

Je n'avais qu'une envie, qu'il oublie notre passage. Et je poursuivrais dans cette voie tant que le corps d'un animal étendu sur le bord de la route se promènerait en silence dans ma tête.

Luisa s'installait pour la nuit. J'ai remercié une énième fois l'épicier qui tirait définitivement le volet de sa boutique. J'aurais voulu lui expliquer pourquoi je préférais ne pas laisser de trace, lui dire combien j'aurais aimé que tout se déroule sans que ne surviennent tous ces problèmes. Alors, nous aurions été de parfaits inconnus l'un à l'autre. Ce qui était, je m'en rendais bien compte, complètement absurde. Il devenait donc impérieux que je m'en explique devant Luisa, ce que j'ai fait, dans les mêmes termes. Elle a soupiré : C'est compliqué, Melvil, n'en rajoute pas, s'il te plaît, je suis morte de fatigue. Elle s'est roulée en boule sur le siège avant, dans une position particulièrement insupportable, à cause de l'extrême exiguïté de l'habitacle, le visage enfoui dans son oreiller sur la banquette arrière, les épaules sur le dossier placé en siège couchette. Luisa n'était pas loin de sombrer. Mais ses cils vibraient encore. Comment dire ? J'avais l'impression qu'elle était gagnée par le sommeil, mais, en réalité, elle m'écoutait. J'ai poursuivi : Ce n'est pas une question d'argent, Luisa, tu as bien compris. Je voudrais seulement qu'on oublie cette idiote histoire d'obstacle sur un chemin emprunté par erreur. J'ai jeté un dernier regard sur la place entourée d'amandiers, absorbée par la nuit. L'épicier patientait toujours à l'intérieur de sa boutique, au cas où Luisa changerait d'avis, ai-je supposé.

# 5

L’aube n’avait pas encore paru, et je ne dormais pas. M’est revenu à l’esprit que j’avais peut-être, certes, égaré le téléphone de l’hôtel, mais, par chance, j’avais enregistré les coordonnées de l’agence de voyage dans ma liste d’appels. J’ai manipulé le clavier de mon smartphone, un peu agité, ce serait si bête… oui, en effet, j’avais bien le numéro de l’agence. Je me suis dit, à voix haute, mais en chuchotant, au risque malgré tout de réveiller Luisa qui dormait depuis un bon moment : Arrête, Melvil, de te poser des questions inutiles, ce n’est quand même pas sorcier de trouver un hôtel dont on a le nom, dans une station touristique aussi renommée que Taormine.

En fait, Luisa était de nouveau réveillée. Elle

m'a annoncé, à ma grande surprise : Tu sais quoi, Melvil, ce petit détour, ça donne du charme à nos vacances, et puis, ce monsieur est très gentil, regarde un peu comme il a pris soin de moi en apportant la couverture ! Je suis sorti, observant qu'une fenêtre au-dessus de l'épicerie venait de s'allumer. J'ai supposé que cet homme était lui aussi déjà debout. Il avait indiqué qu'il se levait très tôt, mais je tenais à quitter les lieux avant qu'il n'ouvre sa boutique.

Luisa m'a rejoint, mal éveillée, cheveux en bataille, la couverture de laine sur ses épaules, tenue des deux mains croisées sur la poitrine. Sa silhouette m'a alors évoqué la probable rescapée d'un tremblement de terre, ou de quelque catastrophe naturelle. Pour commencer, me suis-je ressaisi, Luisa avait besoin d'une bonne douche. Elle a bougonné : ça aussi, l'absence de cabinet de toilette, ce n'était pas prévu au programme. Alors, elle a parlé de baignade. Elle a déposé la couverture sur l'étalage destiné aux fruits et légumes, en prenant soin de la plier correctement. Ça me paraît insensé, d'être là, en pleine cambrousse, à cinq heures du matin, a-t-elle soupiré. Puis elle m'a demandé de lui confirmer l'heure. Ce que j'ai fait. J'ai dit aussi que ce n'était pas le moment de s'inquiéter, dans quelques heures, nous serions à l'hôtel.

# 6

La route descendait en lacets. Nous avons fait halte un instant sur un promontoire doté d'une table d'orientation, avec des flèches et, à chaque extrémité, les noms des capitales du monde entier. La mer scintillait au loin, réduite à la minceur du ruban de tissu rose utilisé à cet instant par Luisa pour attacher ses cheveux, une épingle dans la bouche. Elle n'a pas tardé à évoquer de nouveau cette idée de baignade. J'ai pensé à la piscine de l'hôtel Via del Mare, décrite sur les photos du dépliant. Le bain aujourd'hui, ce serait tôt le matin.

Au croisement suivant, j'ai emprunté la direction de l'autoroute, trajet le plus évident. Luisa m'a demandé si je me sentais capable de trouver l'hôtel sans connaître l'adresse. J'ai haussé les épaules : Mais certainement, ma chérie, ce ne sera pas très difficile, tu peux me faire confiance.

Après avoir surplombé l'autoroute, nous avons pris la nationale puis, sur la droite, la chaussée déformée qui conduisait vers la mer. C'était un défilé de cabines de bain, baraques vieillissantes aux portes et ouvertures closes à cette saison. Je me suis parqué sur le talus, prenant garde à ne pas m'enfoncer entre les buissons, à distance respectable du snack-bar où nous nous étions arrêtés la veille.

Pas plus de cinq minutes, ai-je dit à Luisa, car je ressentais, moi aussi, le désir de me glisser sous une douche. Elle a sorti un maillot de bain une pièce de son sac de plage, et s'est changée, à l'abri derrière une cabine à la peinture écaillée. J'ai ouvert le coffre. Fouillant dans la valise, déposée à même le sol, je me suis rendu compte que nous n'avions pas de draps de bain, ce qui était compréhensible, a noté Luisa, puisqu'ils étaient censément fournis par l'hôtel. Qu'importe, j'ai patienté, assis au pied de la cabine. Luisa, aperçue de dos, courait déjà vers la mer. Je l'ai entendue crier – ce devait être mon prénom – quand elle a atteint le rivage, et j'ai frissonné en pensant à l'eau glacée.

Face au soleil, qui déchirait la brume à cette heure, mais rendait l'atmosphère plus chaleureuse, j'ai perçu de loin les éclaboussures provoquées par Luisa. Elle décrivait à la brasse un trajet qui l'éloignait du rivage. Son téléphone a sonné à mes pieds, dans son sac à main. J'ai d'abord pensé, malgré l'heure matinale, à un appel, comme elle en recevait souvent, de Marceline, la secrétaire de son laboratoire au Centre national de la recherche scientifique. En vérité, ce que je venais de lire sur l'écran, c'était un coup de fil provenant d'Italie, puis le message écrit, l'hôtel qui s'inquiétait de notre absence.

J'ai marché de long en large, parmi les pierres, les jouets de plage en plastique couverts d'une pellicule de sable, les débris de coquillages, et me suis finalement installé en appui contre un banc aux assises disloquées, attendant la fin du bain, me promenant de nouveau, avec, je crois, une certaine nonchalance, les mains dans les poches, à proximité des cabines de plage désaffectées, prenant garde à mes mocassins blancs en nubuck, cadeau de Luisa.

Je me suis dirigé vers la mer, et quand fut atteint le sable mouillé, j'ai retiré mes mocassins, puis remonté les jambes de mon pantalon de toile. Ensuite, j'ai suivi les empreintes de pas laissées par Luisa. Elles obliquaient vers la jetée, tout au fond, côté sud. Luisa n'était qu'un petit point noir dans l'étendue. J'ai poursuivi mon itinéraire indécis, à l'abri de la jetée, en évitant, à pas sautés, les pierres et nombre de déchets. J'ai sorti mon smartphone, joint l'agence touristique, à qui j'ai demandé de prévenir l'hôtel Via del Mare de notre arrivée, ce qui m'a allégé l'esprit. Ce geste m'évitait aussi d'avoir à justifier par une longue conversation notre retard d'un jour auprès de la réceptionniste, dont je venais de lire le message sur l'écran de Luisa.

Le ciel se vidait de son eau en direction de Catane, l'atmosphère se réchauffait. Je me suis réjoui de cette initiative : avoir élu la Sicile comme lieu de vacances, et j'ai marché à la rencontre de Luisa pour l'accueillir dès la sortie de l'eau, lui présentant, faute de linge en tissu éponge, une de mes chemises tirée de la valise. Ensuite, je lui ai tendu son téléphone. Elle a pris connaissance du message. Je lui ai dit que je venais de joindre l'agence. Tout était en ordre.

Parvenue à la voiture, Luisa a marqué d'un

léger soupir sa satisfaction après la baignade. Ça la rassurait, a-t-elle ajouté, que l'hôtel soit prévenu. Elle avait conservé ma chemise, qui lui arrivait aux genoux, lui constituait une agréable et élégante sortie de bain. Maintenant, elle secouait ses cheveux et tentait en vain de les démêler. L'eau s'écoulait sur ses chevilles. Elle s'est dite frigorifiée, changeant d'humeur, sur un ton de reproche qui aurait pu m'être adressé. Jamais, en effet, elle n'avait nagé dans une eau aussi froide, à part peut-être un jour d'avril à Ostende, elle s'en souvenait. Ce qui m'a un peu énervé, dans la mesure où personne ne l'avait obligée, ni ce matin, ici, ni au bord de la mer du Nord, l'année précédente, à se jeter à l'eau. Ce que j'ai évité de dire. Par contre, je me suis plu à lui répondre qu'un bain glacé n'était pas prévu au programme dans le contrat signé avec l'agence de voyages. Mais, plus sérieux, je lui ai conseillé, ouvrant sa portière et l'invitant à s'asseoir, de prendre son mal en patience, car elle n'aurait pas de douche avant notre arrivée à l'hôtel. Que ce soit très clair dans ta tête, Luisa. Mais apparemment, cette situation ne la perturbait pas plus que cela.

À l'abri derrière la cabine la plus proche, qui

lui offrait un paravent précaire, elle a commencé par se dévêtir à la hâte, tirant sur l'élastique de son maillot de bain pour le faire glisser sur l'épaule, frissonnante, me demandant de me placer entre elle et la route où ne passait pourtant aucune voiture. Je lui ai alors tourné le dos pour surveiller les alentours.

Penché sur l'aile avant de la voiture, en appui d'une main, et sur un pied, imprimant à mes mocassins retournés des coups successifs contre la portière pour que s'écoulent en pluie les grains de sable logés à l'intérieur, j'ai constaté, au passage, que la carrosserie était fortement cabossée, sur une grande surface, vraisemblablement à cause du choc de la veille. Et je me suis étonné de ma négligence, et de mon incapacité à remarquer ce qui pourrait devenir un jour, et selon les circonstances, la preuve d'un accident.

Soyons clairs : logiquement, tout conducteur qui heurte un obstacle se comporte comme ce fut mon cas, il s'arrête. Mais tout conducteur averti, ce qui ne me ressemble pas forcément, vérifie aussitôt l'état de sa carrosserie. Nous avons affaire, ici, me suis-je dit, à un véhicule de location, réfléchis donc bien, Melvil, à ce que tu diras quand tu rendras la voiture. J'ai enchaîné en pensée : C'est vite vu, tu vas te planter, car tu seras obligé d'expliquer pourquoi cette aile est cabossée à ce point, et pourquoi tu n'as pas déclaré l'accident. Alors, mon choix s'est porté, après réflexion, sur l'essentiel, qui était, à l'heure où je mettais mes idées en place, de ne pas éveiller l'inquiétude de Luisa.

J'ai donc pris le volant, puis, sur un simple signe de la main, j'ai indiqué : Tout va bien, on arrive sous peu. Elle s'est installée sur son siège : Attends un peu, Melvil ! tu pourrais, avant de prendre la route, donner un petit coup sur le pare-brise, on n'y voit plus rien avec ce sable. Elle m'a tendu la bouteille d'eau achetée à l'épicerie, aux trois quarts vide, puis elle m'a rappelé le programme de la journée, la découverte de Taormine, suivant les instructions du guide touristique, avec, en priorité, la partie haute de la ville. On y accède, a-t-elle précisé, par une longue montée d'escaliers, à moins qu'on ne préfère utiliser la cabine à crémaillère, prisée par les visiteurs. L'eau minérale s'écoulant de la bouteille glougloutait agréablement le long du pare-brise. J'ai dégagé la fine couche de sable du plat de la main. Cela dit, Luisa avait raison, le pare-brise avait besoin d'un bon nettoyage. Puis, revenant à notre semaine de vacances, elle m'a rappelé qu'elle aimerait, si nous en avions le temps, revoir cet homme très aimable, l'épicier de Gravinnella. Ces rencontres inattendues, a-t-elle dit, lui permettaient de se sentir proche des habitants, et elle adorait faire de nouvelles connaissances, surtout en voyage.

Mais j'écoutais à peine Luisa, distrait par cette idée qu'il faudrait dégager au moins trois heures de notre emploi du temps de vacances, déjà très chargé, pour se rendre à Gravinnella. Mais, plus important, j'avais en tête qu'il me faudrait téléphoner à l'agence de location de l'aéroport, pour déclarer l'accident. Impossible d'y échapper. Heureusement, nous n'avions pas inutilement pris une police d'assurance supplémentaire, et je me suis trouvé un peu ridicule, car pour quelqu'un qui souhaitait, depuis ce choc sur l'aile avant, passer inaperçu, autant dire que c'était raté.

Nous avons atteint d'une seule traite la bretelle de sortie d'autoroute direction Taormine, et j'ai changé brusquement d'avis : par sécurité, et vu les circonstances liées au choc, dont je présupposais l'origine, certainement un animal errant, mais quelle certitude ? j'aurais peut-être intérêt, si je voulais prévenir tout embêtement, à ne laisser aucune trace. Il me restait donc à me débrouiller seul, ce qui signifiait : trouver moi-même un carrossier.

J'ai jeté un rapide regard du côté de ma femme. Elle avait pris soin de plier ma chemise en lin sur la banquette arrière. Son maillot une pièce séchait déjà grâce au courant d'air qui s'engouffrait par les vitres laissées entrouvertes.

J'ai pris le bord de mer en quittant l'autoroute. Luisa, à son aise, la nuque contre l'appuie-tête, présentait maintenant un profil insouciant. J'ai alors constaté, non sans satisfaction, que ce bain d'eau de mer favorisait sa bonne humeur. D'autant que son visage avait embelli, parcouru, sans que cela ne me surprenne, de minuscules taches de sel laissées par les embruns. Elle portait ses lunettes de soleil à monture argentée, marque à consonance italienne, offertes par son père, le professeur Gozzolli. Était-ce le moment de lui dire que cette paire de solaires ajoutait à son charme ? Ou étais-je trop intimidé pour déclarer une chose pareille, y compris à voix basse ? Pour lui dire quoi, en fait… ? que je l'aimais… ? que j'étais heureux d'être avec elle ? satisfait qu'ensemble, ces jours derniers, nous ayons laissé passer l'orage de notre récente dispute ?

Je ne reviendrai pas là-dessus, mais, ouvrant et refermant une parenthèse, signalerai seulement ceci : comme tout couple, nous traversons parfois des zones de turbulence, et tout cela donne à notre relation amoureuse un aspect tumultueux. Nous n'aurons donc pas, au cours de ce séjour sicilien, à discuter, ou si peu, les termes de mon désir pour Marceline, secrétaire de Luisa dans son laboratoire de directrice de recherche en bioéthique. Et je tairai, par ailleurs, cette récente aventure, parmi d'autres, nombreuses, vécue par Luisa, dont je n'ai rien à dire, sinon que j'en ai beaucoup souffert. Je noterai seulement, en aparté, que ma femme, elle, contrairement à moi, n'a jamais hésité, comme souvent, et presque systématiquement, à passer à l'acte.

J'ai fait la connaissance de son avant-dernier amant, au départ mon ami, rencontré un jour, dans une file d'attente de l'agence Pôle emploi. Je répondais à une proposition d'embauche, que j'avais déclinée à la fin, car insuffisamment rémunérée, et sans voiture de fonction. Résultat : le poste de cadre courait encore, mais sans moi. Et Luisa se demandait si tout cela finirait un jour, car ce n'était quand même pas trop difficile de décrocher un emploi, suffit d'en avoir envie. Tout est une question de respect de ma personne, lui avais-je répondu. Mais Luisa avait rétorqué que tous ces postes, refusés par moi, m'étaient pourtant offerts sur un plateau d'argent. À cette occasion, je lui ai présenté ce garçon devenu mon ami, lui-même chercheur d'emploi, comme moi, dans le commercial, devenu son amant une nuit, c'est ainsi que cela me fut présenté : une nuit, point. Une seule. Nous ne reviendrons pas là-dessus, Melvil. D'ailleurs, ce garçon, je ne veux plus le voir. Aussi ma pensée allait toujours vers cette idée répandue, par ailleurs complètement stupide, que votre femme, si elle doit tomber amoureuse d'un autre, porte son choix sur votre meilleur ami. Bref, passons.

J'ai repéré le panneau avec le nom de l'hôtel, et deux cents mètres plus loin, l'entrée dans la zone semi-piétonne. La partie basse décrite par le guide, a rappelé Luisa, est tout aussi touristique que la ville haute, mais moins fréquentée. Elle m'a tendu le livre ouvert, avec signet, à la page Taormine, m'indiquant de son index les quatre étoiles en marge des articles sur les monuments à visiter, à commencer par le théâtre antique, dont elle a mentionné que ceux-là étaient des plus prestigieux.

Nous franchissions au ralenti le portail de l'hôtel, encadré par deux palmiers, fronton de fer forgé disposé en arc de cercle. La mer, sur notre droite, ne nous avait pas quittés. Luisa me laissait toujours sur cette même impression d'avoir oublié notre mésaventure d'hier soir. Elle goûtait alors à la beauté du parc tropical qui s'étendait de chaque côté de l'allée. Se sachant observée, elle m'a souri, satisfaite d'avoir atteint le but de notre voyage. L'entrée de la réception n'était maintenant qu'à quelques dizaines de mètres, et j'attendais avec impatience l'instant où j'abandonnerais Luisa, insouciante, au bord de la piscine d'eau de mer.

J'ai avancé avec prudence : Je ne veux pas t'inquiéter pour si peu, Luisa, mais il faudra que nous abordions la question de l'assurance. Je sais, ça n'a aucune espèce d'importance, nous avons le temps, mais nous devrons examiner d'un peu plus près l'aile avant droite. Je crois avoir observé, en effet, mais je n'en suis pas certain, une belle trace d'accident. J'ignore ce que tu en penses, mais, la première chose, me paraît-il, serait de trouver un carrossier.

Luisa, concentrée sur les plantations exotiques, m'a vaguement rappelé qu'on avait eu raison de prendre une assurance supplémentaire. Difficile donc de lui annoncer que, justement, vu les circonstances, il ne fallait surtout pas se servir de l'assurance. À cet instant, elle m'a ordonné de prendre sur la droite, la direction du parking, un panneau avec un grand P. Ensuite le nom de l'hôtel : Via del Mare. Puis : Welcome.

J'ai ressenti ce plaisir, enfin nous étions en vacances. Et celles-ci, crois-moi, chérie, sont particulièrement méritées. Tu sais, vraiment, ma Louisette, la nuit passée sur la place principale de Gravinnella est à marquer d'une pierre blanche. Vraiment, ai-je plaisanté avec bonne humeur, on ne pouvait imaginer meilleure introduction à notre séjour. J'ai parqué la voiture le long d'une haie de buissons, aile avant droite invisible, dissimulée contre les arbustes.

# 7

La réceptionniste nous a souhaité la bienvenue. Elle était au courant de ce qu'elle a appelé notre léger retard. Après tout, pourquoi pas ? ai-je haussé les épaules en direction de Luisa. Aussi, ça semblait amuser cette jeune femme d'apprendre qu'on avait eu un ennui au décollage. Avant de gagner notre chambre, je suis resté un moment devant le hall d'entrée, à surveiller la voiture. Luisa a pris l'allée en pierres plates conduisant à la piscine d'eau de mer. Je l'ai appelée, et au moment où elle s'est retournée, j'ai pris une photo de ma femme, souriante. De fait, je me demandais si nous n'avions pas eu une excellente idée, après tout, d'effectuer ce petit détour par Gravinnella, ça nous rappelait nos premiers voyages, et nous avons parlé, plus tard, durant notre découverte de la piscine, confortablement installés dans des chaises longues, de notre séjour à Delphes et dans l'île de Skorpios.

Cette discussion, nous l'avons poursuivie une grande partie de l'après-midi devant la mer, étendus sur notre sortie de bain. J'en ai profité pour demander au serveur, via Luisa, s'il ne connaîtrait pas, par le plus grand des hasards, un carrossier.

Le serveur de l'hôtel a réfléchi un instant à ma question concernant le carrossier. Linge à la main, il essuyait son verre, plongé dans une profonde réflexion. Qui n'était qu'apparente, car, manifestement, j'en fus certain, il ne cherchait pas l'adresse d'un carrossier, il calculait, de tête, sourcils froncés, le montant de la commission. Puis : Attendez un petit moment, monsieur. J'ai ajouté qu'il n'était pas question de lui voler son temps durant le service. En aparté, Luisa s'est souvenue que nous avions pris une assurance supplémentaire. Elle ne voyait donc pas quel était l'intérêt de demander l'adresse d'un carrossier au serveur, et j'ai désespéré de lui donner tort, tout en lui disant : Tu as sans doute raison, chérie, mais on ne sait jamais, rien n'empêche de se renseigner.

Dans la foulée, j'ai commandé un apéritif, et nous avons pris place sous la verrière, dans le salon du jardin à plantes tropicales. Le serveur n'a pas tardé à réapparaître, son plateau à la main, porteur de nos deux apéritifs à base de vin pétillant, d'une lumineuse couleur orangée. Il a déposé les deux verres, accompagnés d'olives et d'une serviette grenat. Cet homme avait déjà une solution, il pouvait s'arranger. Avec qui ? je l'ignorais. Mais c'était possible, d'autant qu'il comprenait notre situation. Luisa a répondu qu'il n'y avait rien à comprendre.

Concernant la réparation chez un carrossier, j'ai rappelé au serveur que je comptais sur sa discrétion. Aussi, il fallait ajouter ceci : notre programme était très serré, normal, nous sommes ici pour une semaine. Demain, vous voyez, c'est Agrigente, nous démarrons tôt le matin. On pourrait donc laisser la voiture après-demain mercredi, si cela est possible, dans ce cas, ce jour-là, on reste à Taormine. Nous avons aussi prévu une excursion à Syracuse, et Raguse, vous savez, ça nous arrangerait que votre carrossier se contente de faire disparaître toute trace de choc, sans plus. Le serveur a répondu qu'il allait d'abord vérifier l'état de la voiture, et que nous en reparlerions. Ce n'est pas la première fois, a-t-il poursuivi d'un ton rassurant, un rien complice, qu'un touriste me demande l'adresse d'un carrossier. J'ai glissé un billet dans le creux de sa main, empoché sans sourciller, petite avance et marque de confiance, puis il a cité le nom de son beau-père, m'a traduit Luisa, mais j'avais compris.

# 8

Plus tard, après le dîner, nous nous sommes attardés dans la chambre, assis sur le balcon qui donnait juste au-dessus du parc. Luisa a troqué sa tenue de soirée contre un pantalon de jean assorti à sa veste vert amande. Elle a dit, je vais me promener dans le parc, la nuit me fera du bien, et je suis resté, étendu sur le lit, en attendant son retour. L'idée m'est venue enfin que le mieux serait de la rejoindre.

L'entrée de l'hôtel baignait dans l'obscurité. J'ai suivi jusqu'au bar le court trajet balisé par des veilleuses au sol, mais pas de Luisa, ni au comptoir, ni dans le salon principal, face à la réception. Je l'ai aperçue enfin, sur un signe d'une serveuse, qui m'avait remarqué errant d'un endroit à l'autre de l'hôtel, à l'entrée du parc. Ma femme occupait une table devant une infusion, son guide ouvert à la page Agrigente. Luisa a posé son stylo sur le petit carnet à spirale où elle prenait des notes. De sa place, on apercevait notre chambre. Les persiennes entrouvertes laissaient filtrer un peu de lumière à tonalité violette, posée sur les lauriers-roses du balcon. Luisa m'a annoncé le programme de notre visite à Agrigente, la Vallée des Temples, ensuite le centre historique, peut-être la cathédrale, si nous avons le temps. Puis, elle a consulté avec moi le trajet sur la carte routière.

Au matin, il était onze heures, le téléphone a sonné. La réceptionniste s'inquiétait, nous n'avions pas encore paru, pourtant, notre table était servie. J'ai retourné la pancarte Ne pas déranger, sur la poignée de la porte. J'ai dit à ma femme, tirée de son rêve, que je l'attendais dans la salle du petit déjeuner. Elle est arrivée en se pressant, vers midi, le guide dans la main, occasion de me faire part de son nouveau calcul : on aurait largement le temps, malgré notre retard, de prendre la route d'Agrigente, la nationale 89, et rentrer le soir même par le même trajet. Je lui ai demandé quel était le programme à Agrigente. Visiter les temples, c'est la priorité, je te le rappelle, tu n'as pas écouté, m'a répondu Luisa. La seule différence, c'est que, sur place, nous ne nous attarderons pas à déjeuner, un petit tour en ville suffira, et on se baignera au retour.

J'ai commandé un thé vert suivi d'une coupe de fraises pour Luisa. Dehors c'était plein soleil.

# 9

À Villarosa, où nous avons fait le plein, j'ai joint l'hôtel pour prendre des nouvelles du serveur. La réceptionniste m'a répondu que Roberto commençait son service en soirée, le mardi, et pour finir, elle a refusé de me donner le numéro personnel du serveur. Je me suis penché du côté de l'aile avant, agacé par la présence de cette aile accidentée, et j'ai dit, avant de terminer la communication et de poser le smartphone sur le tableau de bord, Roberto pouvait m'appeler quand il le voulait.

Nous étions les seuls clients de la station. Luisa est venue vers moi. Je me servais en essence, les chiffres tournaient au compteur, produisant le tintement d'une sonnette, chaque litre distribué. Le son se perdait dans le silence alentour. Luisa s'est serrée contre moi, alors ma main libre s'est posée sur son épaule, et je me suis bien gardé, à cet instant, de lui rappeler cette histoire encombrante d'assurance. Nous avions mieux à faire, tous les deux, en premier lieu, rattraper le temps perdu. J'ai raccroché le pistolet, et refermé le bouchon du réservoir. Luisa a disparu dans la boutique.

L'intérieur était climatisé, malgré la température modérée. J'ai réglé par carte bancaire. Luisa a posé sur le comptoir un complément de boissons fraîches et de pastilles à la menthe. Elle déambulait le long des étalages, une revue d'architecture à la main, et s'interrogeait maintenant, à voix haute, feuilletant d'un geste rapide un magazine de cinéma, si cette lecture me plairait. Merci, Luisa, ai-je dit, on verra plus tard. Elle a reposé l'exemplaire pour passer aux quotidiens, dont de nombreux journaux à scandale.

Enfin, elle s'est attardée sur l'actualité du jour, la photo d'un homme politique romain en visite à Palerme, qui venait soutenir son plan de relance de l'agriculture, ce que j'ai interprété, lisant le gros titre, mais sans chercher non plus à vérifier si j'avais compris ou non. Le reste de l'article, en première page, était trop difficile à traduire. Je n'en ai pas fait mention. Aucune envie d'importuner ma femme avec ça.

En vérité, c'est tout autre chose qui s'est produit. Luisa s'est empressée vers la caisse au moment où je tendais ma carte bancaire. Je lui ai demandé, que se passe-t-il, Luisa ? Elle a plié la revue d'architecture, rangé les pastilles à la menthe dans le sachet tendu par le caissier, puis son journal. Sans me répondre.

De retour à la voiture, j'ai lu, par-dessus son épaule, titre pleine page, grosses lettres, caractères gras : Mort d'un enfant devant la plage d'Acireale. À côté, la photo du corps de l'enfant, tourné sur le flanc, parmi les herbes. Puis un intertitre, lu à haute voix par Luisa, le corps a été retrouvé au milieu de la nuit, l'enfant, échappé d'un campement…

J'ai mis le contact. Luisa est ressortie, pour disparaître dans l'arrière-boutique, et j'ai patienté, moteur au ralenti. Dans l'attente, je me suis servi du matériel d'entretien au pied des distributeurs de carburant, dont un lave-vitre, pour nettoyer le pare-brise à grande eau, en me servant aussi de l'éponge antimoustique sur les surfaces difficiles. Je m'y suis employé plus par désœuvrement, le pare-brise, à dire vrai, n'était pas très sale, je l'avais nettoyé la veille.

Luisa a regagné son siège. Elle m'a demandé une serviette en papier. J'ai lâché le matériel de nettoyage, tiré une boîte de mouchoirs sous cellophane du sac de plage posé sur la banquette arrière. Elle a rabattu le pare-soleil, ouvert le miroir de courtoisie, puis cherché un produit de soin tiré, bruyamment, de sa trousse de maquillage rangée dans la boîte à gants.

J'ai voulu savoir comment ça allait. Pas de réaction. J'ai juste effleuré son épaule, mais Luisa s'est reculée contre sa portière, preuve que mon geste était déplacé, mieux : ridicule. J'ai démarré, premier rond-point, panneau routier direction Agrigente. J'ai dit, d'autorité, regard fixe sur la route : On continue de rouler. Tu m'as bien indiqué Agrigente, non ? Eh bien, on y va, c'est tout droit. On a dépassé à toute allure le contournement de Caltanissetta, mais auparavant, j'ai proposé qu'on entre en ville, pour sc rafraîchir.

Luisa ne voulait pas entrer dans cette ville. Très bien, Luisa, je t'écoute. Pas de détour. Elle m'a, par contre, ordonné de stopper un ou deux kilomètres plus loin, et je me suis arrêté sur un chemin, au milieu des champs, où j'ai manœuvré pour me placer en position de départ. La circulation était dense, alors que tout était si désert à la station, je m'en rendais compte seulement maintenant. Des camions, des camionnettes bâchées de producteurs agricoles défilaient sur la route. J'ai aperçu un groupe de femmes en contrebas, dans les cultures alentour, qui récoltaient je ne savais quoi, aucun intérêt. Et pourquoi cela m'aurait-il intéressé ? J'ai dit, en guise d'excuse, car je la sentais désemparée : Je me suis arrêté là, j'ai cru qu'on était seuls. Luisa a ouvert sa portière. C'est toi qui dis ça ! a-t-elle ironisé, se tournant vers moi. J'aurai, à cette occasion plus qu'à toute autre, ressenti la violence de son regard.

## 10

Elle m'a demandé si j'étais toujours certain maintenant que c'était un chien, l'autre soir ? Pas de réponse. J'ai regardé les femmes au loin, affairées autour d'une remorque. J'ai perçu leur voix, malgré la distance, couverte bientôt par l'échappement continu d'un motoculteur, porté par le vent dans notre direction. La chaleur s'était installée, à la différence du froid ressenti à la descente d'avion, et, la veille, sur la plage. J'ai démarré.

On ne change rien, on file tout droit à Agrigente ! ai-je redit. Reprends ton petit carnet, Luisa, même programme. Vingt kilomètres plus loin, finalement, je me suis rangé à l'avis de ma femme, qui souhaitait faire une pause, elle ne se sentait pas bien. J'ai viré sur un parking où stationnaient de nombreux camions. Luisa m'a prévenu, trop de monde, Melvil. On s'arrêtera plus loin. J'ai donc repris la route.

Ce coup violent contre l'aile avant est revenu en force, intact. J'ai revécu les secondes précédant le choc. Je lui en ai fait part. On a heurté quelque chose, certes, mais enfin, Luisa ! en aucun cas le corps d'un enfant. Elle ne m'a pas contredit. Son pare-soleil n'étant pas rabattu, la lumière, tombée en oblique, animait son visage aux paupières closes. Je l'apercevais, par intermittence, quand je quittais la route des yeux. Bien calculé, on avait encore au moins une heure et demie, d'ici à Agrigente. Donc tout le temps de réfléchir.

Une chose est claire, Luisa, ai-je repris, on aurait eu tort de revenir sur nos pas. Si je t'avais écoutée, on aurait fait demi-tour. C'est bien cela que tu voulais, non ? faire demi-tour ? à toute force, retourner au snack-bar ? Tu te souviens que j'ai laissé le dépliant de l'hôtel sur la table... Et alors, Melvil, qu'est-ce que ça change qu'on l'ait oublié, ton dépliant ? Qu'est-ce que j'en ai à faire de ce truc... ? J'ai repris : Et toi, Luisa ? Tu te vois entrer dans le bar à ce moment-là ? Tu ne comprends vraiment pas ! Imagine, on vient de percuter un obstacle, et toi tu débarques là au milieu… ? non… ? franchement ? Tu te serais jetée dans la gueule du loup. Je ne comprends rien, a-t-elle déclaré en faisant claquer le fermoir de sa trousse de maquillage. Et Luisa a redit qu'elle ne se sentait pas très bien.

Nous avons fait halte à la sortie d'une agglomération, district d'Agrigente, déjà. Luisa est sortie, la main à plat sur l'estomac. Elle m'a demandé si je n'aurais pas une pastille de réglisse. Je suis sorti sur le trottoir, au bord de la deux-voies fréquentée par les poids lourds lancés à grande vitesse, dans un fracas d'enfer. J'ai défait le papier aluminium d'un tube de bonbons dragéifiés, je l'ai tendu à Luisa, tout en cherchant l'éventuelle enseigne lumineuse d'une pharmacie. Ses cheveux flottaient, épars, de chaque côté de son visage, à chaque déplacement d'air provoqué par le passage des camions. Impossible de discuter. Nous avons regagné la voiture, remonté les vitres à cause du bruit.

## 11

Veux-tu que je te dise, Luisa ? En vérité, ça ne risque rien. Personne ne nous a vus. Elle a haussé le ton : Quand tu dis, *ça* ne risque rien, c'est qui *ça* ? J'ai répondu : *Ça*, c'est nous deux. Un certain Melvil Hammett et une certaine Luisa Hammett, inconnus dans toute la Sicile. Souviens-toi : c'était la nuit noire, on n'est pas restés plus de cinq minutes, le temps de discuter. Tu veux dire quoi, par-là, Melvil ? explique-toi clairement, à la fin.

Je veux dire que sans témoin, ce que l'auteur de l'article, dans ton journal, appelle au départ une collision mortelle, provoquée par un chauffard, devient un simple accident. Dans ce cas, personne n'est responsable, puisque personne n'a rien vu. Tu comprends ? Ce genre de dommage, ça peut arriver à n'importe qui. Posons-nous d'abord la question : au milieu de la route, il faisait quoi, à ton avis, ce gosse ? Réponse de Luisa : Eh bien, il marchait... Je l'ai interrompue : Oui, c'est cela, comme n'importe quel gamin, au milieu d'un chemin de terre, en pleine nuit, sous la pluie... ! Là n'est pas la question, Melvil. La question est de savoir si tout se résume à un banal accident, comme tu le prétends... Il est mort, mais, peut-être, on aurait pu le sauver.

Encore aurait-il fallu, ai-je rétorqué, que ce soit précisément cet enfant-ci, parce que rien n'est moins sûr. Rien ni personne n'indique, en effet, que nous ayons croisé sa route. Toi, Luisa, tu t'imagines que nous sommes les seuls touristes à avoir emprunté ce chemin de bord de mer, en voiture ! Et, toi, jeune fille naïve, tu en déduis qu'à l'heure où nous étions plongés dans l'obscurité, on a croisé un gosse sur le bord de la piste ! Moi, aussi vrai que je me prénomme Melvil, je n'y crois pas. Tu m'amuses avec ton idée de porter secours. On est là, au centre de la Sicile, on vient d'apprendre, par le plus pur des hasards, qu'un enfant vient de se faire écraser au bord d'un terrain vague, non loin d'une plage, un enfant qui n'a pas de nom, et toi, tu te sens concernée.

Je ne parle pas de ça, Melvil, tu le sais très bien, laisse-moi au moins le temps de donner mon avis, je veux te dire que si nous étions sortis de voiture, comme j'ai voulu le faire, nous aurions très certainement découvert l'enfant, dans ce cas, nous aurions pu lui porter secours, et lui sauver la vie. Impossible ! Luisa, je t'arrête, il n'y avait personne, c'était la nuit noire, sous la pluie, je l'ai déjà dit, ce qui n'arrange rien. Pour ma part, je ne serais pas étonné, encore maintenant, je le maintiens, qu'on ait eu affaire à un animal errant. Je n'ai pas dit un chien, mais une bête sauvage, laquelle ? je ne sais... Et qui te dit, après tout, Luisa, que c'est nous ?

Ma femme n'a pas répondu. Elle relisait l'article, penchée au-dessus du journal posé sur ses genoux. Elle a descendu sa vitre, pour respirer un peu d'air frais, a-t-elle dit. Puis elle a déplié le journal, tourné chaque feuille avec précaution, pour accéder à l'article en double page centrale : photos, texte, gros titres. Elle m'a rappelé ce qu'évoquait le journaliste, un campement nomade dans le coin, non loin de la mer. C'est là que nous étions. L'article ne cite pas le nom de la plage, mais il la localise, proche d'Acireale, le campement de migrants, derrière la butte, pas très loin. Il est donc totalement plausible que l'enfant se soit trouvé au bord du chemin. L'article dit aussi que les membres de cette famille sont arrivés par la mer, du côté de Syracuse, ensuite ils ont été transportés dans ce coin de plage. Personne ne comprend. La zone est fouillée par la police. Sinon, il y a cette piste : c'est plausible, en effet, qu'un touriste égaré ait emprunté, par erreur, ce chemin, qui borde le campement, c'est tellement mal balisé. Nous en avons fait nous-mêmes l'expérience, reconnais-le, Melvil.

Objectivement, écartant toute suspicion de faute, j'ai déclaré que c'était moins grave qu'on ne l'imaginait. Soyons clairs, Luisa, et comprends-moi bien. Je ne suis pas en train de dire qu'un enfant de migrant, c'est moins grave, je suis en train de réfléchir à ceci, que ça doit arriver souvent. Je pense donc que les autorités ne vont pas mettre sens dessus dessous la région de Catane pour retrouver le responsable. D'abord, de responsable, il n'y en a pas !

Et c'est toi qui déclares, a répondu Luisa, là, froidement, que la mort d'un enfant de migrant, ça ne compte pas ? C'est bien ce que j'ai compris. C'est ce que tu as compris, Luisa, mais ce n'est pas ce que j'ai voulu dire. D'ailleurs, tu le sais, je serais incapable d'affirmer une chose pareille… j'ai voulu dire, si tu veux bien l'entendre, que la police ne va pas remuer ciel et terre pour un enfant que personne ne connaît, fraîchement débarqué, comme le dit l'article. Ça doit être écrit quelque part dans le texte, si tu lis bien, non ? Ça m'étonnerait que le journaliste ait oublié de mentionner une chose pareille.

Luisa n'a pas répondu tout de suite. Elle a repris sa lecture. Puis, après un temps de réflexion : Nous ne sommes pas passés loin du campement, je les ai aperçus, d'où j'étais, quand j'ai pris la direction de la plage, je me souviens maintenant.

Ce fut le silence… Je suis sorti de la voiture pour faire quelques pas. Autant repartir. J'ai demandé à Luisa si ça allait mieux, et j'ai repris le volant.

# 12

Une heure plus tard, nous avons stoppé sur le bas-côté, devant la pancarte Agrigente – 20 km, et je suis sorti encore une fois de voiture. Luisa m'a rejoint, s'est approchée. Elle souhaitait très fort que tout cela n'ait jamais existé. Pas ici, Melvil, pas maintenant. J'ai demandé de quoi elle parlait exactement. Elle a répondu : La mort de cet enfant.

Rien d'autre, Luisa ? Elle a contemplé la route qui filait en ligne droite. J'ai sorti mon smartphone, pris Luisa en photo sous la pancarte. J'ai dit : Désolé que ce gamin, si c'est lui, soit venu se loger sous mes roues. Moi aussi, je le regrette. Très fort. Fais-moi un beau sourire, s'il te plaît.

Pour toute réponse, Luisa a dit : On devrait se rendre à la police. Je la voyais venir… mais à un point… ! Pour être franc, je redoutais cela depuis le début, se rendre à la police. J'ai pris de nouvelles photos, sans cesser de parler. Mais cette fois, j'ai changé de ton, lui ai fait part de ma très forte réserve : Luisa ! Je suis sidéré que tu puisses envisager pareille démarche, je vais finir par croire que tu deviens folle, ou alors, dois-je considérer que c'est le soleil qui te tape sur le système ? Si tu te rends à la police, ce sera pour lever le voile sur un crime que tu n'as pas commis. Ça m'est égal, a-t-elle répondu.

Prenant mes marques sur les inégalités du terrain, pour assurer mon équilibre et cadrer l'image, chemise battant au vent, parmi les pierres éparses sur le terre-plein, je me découvrais dans l'obligation de répondre encore et encore à ma femme, et j'étais en train de me dire, ça ne finira donc jamais.

Alors, j'ai repris, bien décidé à étouffer cette nouvelle initiative : Se rendre à la police, ce serait tellement plus simple, Luisa, mais… je vais te dire une chose, en principe, tu t'en remets aux autorités quand tu as commis une faute… Mais quand tu n'en as pas commis ? du moins, quand personne ne peut certifier t'avoir vu commettre cette faute ? Comment tu procèdes ? Tu tends tes poignets au policier, et tu lui dis, je ne suis pas certaine de mon fait, mais, allez-y, brigadier, mettez-moi en prison… ? C'est ce que tu veux ? Qu'on te conduise en cellule ? Écoute-moi bien, Luisa, nous, on n'a rien à voir avec cet accident, et je te pose la question : en supposant que tu fasses cette démarche, pourrait-on en déduire que nous étions présents sur les lieux ? C'est impossible à démontrer. Des preuves, il faut des preuves, et toi, non seulement tu leur en fournis, mais tu les inventes.

Maintenant, je crois qu'il y a autre chose. Peut-être, sait-on jamais, nous entrons dans le domaine des suppositions, mais… imaginons que, par miracle, un enquêteur retrouve notre trace, ce qui déjà m'étonnerait, car c'est impossible. Eh bien, dans ce cas, on aurait déjà reçu sa visite à l'hôtel, mais tu peux être rassurée : aucune visite ! et pourquoi ? parce qu'on s'est contentés de passer devant ce snack-bar, de s'y arrêter deux minutes, d'y consommer un café suivi d'un thé glacé. Avant de disparaître… Tu ne dis rien, Luisa… ? Alors, autre supposition : qui, à ton avis, pourrait prouver qu'il s'agit bien de notre voiture de location… ? Ma femme a répondu qu'elle n'était pas si naïve, ajoutant que chacun laissait toujours, et sans se rendre compte, quantité de traces derrière soi. Tu te fais des illusions à ton tour, mon pauvre Melvil. Reconnais la vérité : l'un comme l'autre, nous avons pris la fuite à la suite d'un accident. C'est ton seul constat, Luisa ? Non ! J'en ai encore un autre : l'aile avant, tu sais ce qu'il en est. Hier soir, ne voulais-tu pas la donner à réparer, cette voiture ? Je suis resté silencieux. Enfin, j'ai repris, d'un ton faussement assuré : Il y a toujours une solution, on en parlera plus tard, quand on aura repris l'étude du problème.

Nous nous sommes tus. Elle a marché un peu le long du talus, pensive, visage tendu, puis elle est revenue, première de nous deux à reprendre la parole. Sans plus évoquer cette idée de se rendre à la police. Ce changement d'attitude m'a surpris. Elle avait désormais en tête, avant toute chose, jugeant certainement qu'elle m'en avait assez dit, de se rendre à Agrigente, visiter, découvrir ce nouveau paysage, là-bas, comme décrit dans le guide touristique.

## 13

Nous sommes repartis. La route sinuait maintenant au milieu de la plaine. Une pancarte, encore lisible malgré l'usure, indiquait, à droite, la Vallée des Temples. Et maintenant, selon le rythme ralenti de notre approche, nous dépassions des groupes épars, des voitures stationnées le long des trottoirs.

Voici ma consigne, ai-je déclaré : ne pas changer d'un iota notre programme. Notre comportement doit rester naturel. Rien de plus normal, ni de plus anodin qu'un couple de touristes.

Luisa tenait le guide entre ses genoux, elle l'a consulté, puis annoncé : Aujourd'hui, c'est donc les temples, et demain, c'est Syracuse, après-demain Raguse. N'oublie pas, Melvil, nous nous étions promis Savoca. Toute personne normalement constituée, qui se rend en Sicile, visite Savoca. Qui ne connaît pas au moins le nom de ce village perché ? les marches de son église ? J'ai répondu, par insistance, on devait s'en tenir strictement au programme, consigné sur une note logée entre les pages du guide, et répertorié, jour par jour, sur plusieurs feuillets de son petit carnet à spirale. Nous avions déjà perdu trop de temps avec cette histoire, pratiquement une demi-journée. Je le répète, Luisa, tant que rien ne change, tant que personne ne nous pose la question, nous ne sommes pas concernés. Mets-toi ça dans la tête : toi et moi ne sommes en aucun cas les seuls touristes visitant la Sicile à cette période de l'année.

Nous avons atteint l'esplanade devant l'entrée des temples, qui se dressaient en un strict alignement devant nous. J'ai pris conscience qu'à cet instant, Luisa ne m'écoutait plus, elle contemplait le paysage antique. Et je me suis préoccupé de trouver une place, le long du parking abondamment fréquenté. Plus loin, c'était la mer, brumeuse. J'ai enfilé ma veste claire, en tissu de lin, et j'ai gagné la file conduisant au guichet. Profitant de cet instant pour rappeler à Luisa : quantité de ces touristes, parmi lesquels elle patientait, avaient transité par l'aéroport, puis par cette plage dont nous nous étions approchés. Cela en toute logique.

La file de visiteurs a progressé vers la billetterie. J'ai suivi Luisa : Et si j'émettais l'idée que tout ceci n'était qu'un ennui causé par le hasard ? Et si, à partir de notre débarquement, tout s'était joué pour que nous prenions cette route précisément ? pour que nous fassions halte devant ce snack-bar, et pas un autre ? Aurait-il donc fallu que je commette l'erreur, sans le savoir, guidé par une main invisible, de prendre l'embranchement sur la droite, qui ne conduisait nulle part ? Aurait-il fallu également qu'il se mette à pleuvoir et que la nuit tombe à cet instant ? Luisa, jetant un regard fuyant sur les visiteurs agglutinés dans la file d'attente, m'a prévenu : Stop ! s'il te plaît, Melvil, on ne parle plus de ça, on ne parle plus de rien, plus de journal, on visite, tu entends ?

D'un geste, elle m'a indiqué le montant de l'entrée. J'ai sorti un billet, déclaré que, tout compte fait, s'il y avait un responsable, ou une responsable, ce n'était personne d'autre que le père de ce gosse, ou la mère de ce gosse. J'ai d'ailleurs rappelé que ce groupe de migrants se mettait lui-même en danger, installé à proximité de l'autoroute. Je m'en souvenais parfaitement, je les avais observés, moi aussi. À ceci, elle a répondu que nous étions, nous, oui, nous, Melvil, un couple d'irresponsables, surtout toi. Elle a conclu, sa colère montait : Tout conducteur digne de ce nom, dès lors qu'il entend un choc qu'il ne parvient à identifier, stoppe et descend de sa voiture.

Bien que je sois du même avis, et que j'aie déjà énoncé ce point de vue pour moi seul, hier, sur la route de Taormine, j'ai contredit Luisa. J'ai dit, tout conducteur sensé et équilibré, conscient de ses responsabilités, aurait la même réaction que moi, je sais où j'en suis de ce point de vue. Et Luisa, certainement excédée, je lui pardonne, m'a demandé si j'effectuais une démarche aussi responsable quand je me rendais dans les bureaux de l'agence Pôle emploi, à la recherche d'un poste, que, de toute façon, je refuse toujours. Eh bien, permets-moi d'en douter, Melvil.

Elle m'a pris le billet des mains pour le poser sur la tablette du guichet, à l'entrée du premier temple dont j'apercevais le profil gigantesque au-dessus de nous. Je n'ai rien répondu. J'ai pensé seulement à son père, le professeur Gozzolli, qui serait certainement présent, samedi, dans le hall des arrivées à l'aéroport, en attente du retour de sa fille, accompagnée de son gendre qui n'avait jamais rien fait de ses dix doigts. Qu'importe... Luisa rangeait les tickets d'entrée dans son sac à main. Je suis revenu à notre discussion concernant ce stupide accident, et j'ai pris soin d'ignorer cette histoire d'agence Pôle emploi.

J'ai donc donné, sans perdre pied, et pour conclure à mon tour, qu'on en finisse, ma version des faits : Il arrive à tout conducteur de s'égarer, dès lors qu'il ne connaît pas le chemin, et que, de surcroît, il pilote une voiture qui n'est pas la sienne, sous la pluie, sur un chemin défoncé. Comment détecter, dans ces conditions, la présence d'un promeneur sur le bord de la chaussée... ? Tu peux me le dire ? Peux-tu m'expliquer, Luisa, ce qu'il est venu faire sur ce chemin, ce gosse ? En réalité, il serait temps de s'en apercevoir : cette succession d'ennuis, dus à la malchance et rien d'autre, selon ma conviction, n'a pas lieu d'être.

L'employée, derrière son guichet, m'a interpellé, pour me rendre la monnaie, que j'ai glissée dans ma poche. Baissant la tête, j'ai ajouté, c'est les circonstances, voilà tout. Elles ne sont pas en notre faveur. Il faut vraiment avoir joué de malchance, rappelle-toi, tout est parti de ton désir de baignade. Sans cela, je n'aurais jamais quitté l'autoroute.

## 14

Luisa a pris le chemin des temples, une grande allée entourée d'une faible végétation. J'ai projeté qu'après la visite de l'Acropole, nous ferions, comme elle l'avait prévu, un tour de la vieille ville, dans le centre historique, pour maintenir notre décision de ne pas changer d'un brin nos plans, ni nos habitudes.

Luisa allait, de son pas hésitant, d'un endroit à l'autre du parc archéologique. Tout est inscrit dans le guide, m'a-t-elle dit. Elle a lu le commentaire. Le plus poétique, a-t-elle poursuivi, c'est le jeu des ombres sur les cannelures des colonnes, quand le soleil amorce sa courbe descendante. Elle se promenait alors parmi les fûts, les chapiteaux de pierre parfois bleutée, selon la lumière. Nous progressions maintenant sur un chemin couvert d'herbe rase, sous les frises géantes, les architraves et les entablements. Luisa s'orientait en s'aidant de son plan largement déployé entre les mains. Je la suivais pas à pas, selon ses arrêts fréquents, et les changements de direction.

Nous sommes restés longtemps devant le temple d'Apollon, représenté par un portique en ruines, décrit par Luisa, selon le guide, mentionnant, en introduction générale, que le site était inscrit au patrimoine mondial de l'Unesco. Puis, devançant de loin le coucher du soleil, nous avons quitté la Vallée des Temples.

Luisa s'est plainte d'avoir mal aux yeux, elle a cherché dans son sac à main, et déclaré qu'elle avait oublié ses lunettes de soleil sur sa table de nuit, dans notre chambre. Nous avons poursuivi la marche vers la ville, et je lui ai demandé de m'attendre cinq minutes. J'avais aperçu le panneau lumineux clignotant d'une pharmacie. Je suis entré et j'ai demandé, comme je l'ai pu, si on vendait ici des lunettes solaires. J'ai acheté une monture de marque, dont j'ai supposé qu'elle s'accorderait agréablement au visage de Luisa. La pharmacienne m'a prodigué quelques conseils.

J'ai répondu, en partie par gestes, que ces lunettes étaient un cadeau pour ma femme. Celle-ci avait mal aux yeux à cause du soleil. Aussi c'était la première fois que j'achetais des lunettes de marque dans une pharmacie. Enfin, nous avons eu quantité d'échanges, dont je ne peux rien rapporter de ce que racontait la pharmacienne, car je n'en comprenais pas un traître mot. À mon retour, Luisa a essayé ses lunettes, puis elle a regardé le soleil en face, levant le visage, perplexe. Mais ça allait.

## 15

Après un court déplacement au pied du centre historique, nous avons gravi la pente qui conduisait à la ville, emprunté la voie baptisée via Atenea, aux dires de Luisa, les yeux rivés sur le guide à couverture bleue, toujours ouvert à la page Agrigente, région d'Agrigente, marquée d'un signet. Puis, nous avons gagné le piazzale Aldo Moro, où j'ai pu enfin dire à ma femme qu'il devenait urgent de rentrer. L'heure avançait. Nous dépassions largement le temps imparti, mais nous devions poursuivre, sans le moindre changement, la voie que nous nous étions tracée ce jour de mars où nous avions décidé de passer une semaine en Sicile.

Je savais aussi à quoi pensait Luisa. En toute vérité, je le devinais. C'est l'heure, ma chérie, l'ai-je avertie, nous devrions nous orienter vers le parking, Luisa se laissait aller. J'ai posé, ce fut imperceptible, ma main sur sa nuque. Visiblement fatiguée, elle m'a indiqué une nouvelle fois le paysage des temples, qui recevait le soleil sur son déclin, le bleu de la pierre devenant violet, s'assombrissant. Et puis, tout en marchant, cette pensée qui ne me lâchait pas : disons-le, tout avait si mal commencé.

De fait, habité par le doute, je ne savais si quelque événement indésirable ne nous attendait pas à notre retour à l'hôtel. Mais tout devait continuer : nous nous sommes arrêtés en face de la cathédrale, pour une pause en terrasse. Le visage de ma femme s'animait. Cette impression était due au rai de lumière filtrant entre deux velums tendus d'un bord de la rue à l'autre, au-dessus des boutiques de souvenirs.

Puis, ce fut la foule, en redescendant la voie principale. J'ai appelé l'hôtel, demandé si, à tout hasard, personne ne nous avait laissé de message, une adresse de carrossier, par exemple, qu'on aurait déposée à mon nom. La réceptionniste m'a répondu que nous avions un courrier, en effet. Je lui ai demandé d'ouvrir l'enveloppe. Elle m'a lu une adresse, elle a dit que c'était le garage d'un mécanicien. J'ai fait part de mon soulagement à Luisa. En gros, cela voulait dire : tout danger est écarté.

Dans l'attente, ai-je glissé, satisfait, à son oreille, nous pouvons admettre que le carrossier sera à pied d'œuvre dès demain matin. Dans l'intervalle, si jamais quelque importun nous pose des questions embarrassantes à propos de cette aile droite, nous détournerons son attention en déclarant que ce genre d'accident n'est pas rare en période touristique, Pâques, très précoce cette année, étant une saison bien évidemment moins fréquentée que juillet, mais touristique quand même.

Revenue au parking, elle s'est inquiétée davantage en apercevant de nouveau le journal sur la banquette arrière, avec, en une, la photographie du corps. Elle a voulu relire l'article. J'ai patienté, mains dans les poches, ma veste, sur les épaules, s'agitant en bruissant sous le courant d'une légère brise, qui faisait aussi vibrer les pages du journal. Luisa est revenue sur le sujet. Elle m'a redit que, dans les parages de l'accident, l'article mentionnait effectivement la présence d'un campement. Mon avis, cependant : n'était-ce pas inutile de s'attarder sur ces détails ? Ne vaudrait-il pas mieux se préparer à rentrer ? Luisa, ignorant ma remarque, a poursuivi sa lecture : dans le second paragraphe était écrit que, certainement, l'enfant aurait été touché par un véhicule lancé à vive allure. Sans doute, ai-je remarqué, le journaliste a écrit ça pour dédouaner de leur responsabilité les parents qui laissent leur gosse vagabonder dans le no man's land. À partir de là, on peut tout imaginer.

Le rédacteur d'ajouter que passaient sur cette voie, non loin de la plage, quantité de véhicules, des utilitaires, certes, mais aussi des voitures de touristes étrangers. À signaler également, la police ayant lancé un avis de recherche, c'est le genre d'accident qui ne laisse pas de trace.

Cette dernière information, que Luisa ne m'avait pas communiquée la première fois, m'a paru rassurante. J'ai interprété ces événements difficiles comme des mises à l'épreuve de la solidité de notre couple. Luisa a tourné la page du journal, pour lire un autre article relatif à cette mort accidentelle. Ensuite, reposant le quotidien sur la banquette arrière, elle s'est avancée pour contempler les temples une dernière fois.

## 16

Hôtel Via del Mare, le serveur a traversé le salon, à ma rencontre. Que s'est-il passé, monsieur Hammett ? Je vous cherche depuis midi, j'ai fini par m'inquiéter, j'ai même laissé un message à la réception. Vous vous évaporez dans la nature, sans dire un mot, et nous, on s'inquiète. J'aurais aimé calmer son impatience, et j'ai regretté d'avoir oublié son prénom. Je l'avais sur le bout de la langue, car la réceptionniste l'avait cité, mais je me voyais mal lui demander comment il s'appelait. J'ai répondu, cependant, que mon numéro de téléphone, sur ma fiche à la réception, n'était pas un secret, en outre, nous l'avions prévenu : Notre visite à Agrigente, nous ne voulions surtout pas la manquer, ne vous souvenez-vous pas ?

Je l'ai conduit, sur ses indications, devant un garage, dans un quartier isolé de Taormine, à l'abri de l'effervescence touristique. Le serveur avait conservé sa veste blanche à boutons dorés, galonnée aux épaules. Tout en me parlant, il a tambouriné contre la porte en métal, qui s'est ouverte. Deux hommes, l'un coiffé d'un turban, et l'autre d'origine asiatique, ai-je supposé, s'activaient dans une fosse à vidange, sous le châssis d'un camion. Le ronronnement d'un groupe électrogène nous parvenait du fond de l'atelier. Le serveur, impatient, m'a demandé les clés de la voiture. Un mécanicien, en réalité le patron, est sorti d'un bureau à l'étage, penché contre la rampe d'un escalier métallique. Ils ont discuté tous les deux. Le serveur, ajustant sa veste d'un mouvement d'épaules, puis ses boutons de manchette, d'un geste rapide, a voulu savoir si j'accepterais de reprendre la voiture le lendemain matin. J'ai approuvé de la tête.

À mon retour à l'hôtel, Luisa m'attendait installée au bord de la piscine. Je lui ai demandé du regard s'il y avait du nouveau concernant cet enfant au bord de la route. Elle s'est contentée d'un mouvement de la main en direction d'un journal, posé sur le dossier de la chaise longue, à ses côtés. Apparemment, il était question de cet accident d'Acireale, mais sans photo.

Luisa m'a confié, d'un ton inquiet, avoir eu le temps de réfléchir. Elle se sentirait mieux si, dès demain matin, on retournait sur les lieux de l'accident. Je serais davantage rassurée, a-t-elle poursuivi. C'est inutile, Luisa. Notre venue prêterait à confusion. J'ai parlé distinctement, en pesant mes mots : Pourquoi retourner à cet endroit ? Et à quel titre ? Pour saluer le barman du snack-bar ? Tout juste s'il se souviendra de nous. Au titre de touristes curieux venus visiter le campement ? En tout cas, ne compte pas sur moi pour te donner raison. D'ailleurs je te l'interdis. Luisa m'a confié, en second lieu, avoir abandonné toute idée de se rendre à la police. L'atmosphère s'est alors détendue.

Demain, c'est Syracuse, de quoi nourrir de nouveaux projets. La voiture sera prête, intacte, réparée, et si revenait à l'esprit de Luisa l'intention de retourner sur les lieux de l'accident, je trouverais moyen de l'en dissuader. Mais c'était mal connaître ma femme. Car rien n'est simple. Comme je le craignais, malgré tout, et contre tout espoir que cela s'arrête un jour, Luisa, acquise à l'idée de répandre le bien, se laissait gagner par cette autre idée qu'elle ferait n'importe quoi pour indemniser, via un groupe humanitaire, la famille de la victime.

# 17

Le lendemain, avant le départ pour Syracuse, le temps de passer au distribanque de l'hôtel, nous avons gagné la ville haute en empruntant, sous le soleil, les longs escaliers de pierre. J'ai frappé à la porte en tôle du hangar. Le mécanicien d'origine asiatique, son chalumeau à la main, est venu m'ouvrir. Nous avons traversé l'atelier dans une gerbe d'étincelles provoquée par une fraiseuse. Le patron du garage est sorti de son bureau donnant à l'étage. Penché sur la rampe métallique, il a déclaré qu'il n'avait pas encore eu le temps de jeter un coup d'œil à la voiture. Mais, pas de problème, il allait la réparer, cette aile, un peu de patience. Il avait promis pourtant, me suis-je agacé. J'ai désigné la voiture, en me déplaçant à hauteur de l'aile.

Je ne vous ai quand même pas commandé la lune ! Je vous ai demandé de faire disparaître toute trace d'accident, pas plus, pas moins, là, vous voyez ! et puis, vous ajoutez un coup de polish, ce n'est quand même pas très difficile. Le patron a descendu quelques marches. Il était d'accord, ça sera vite fait, aucun problème, on va arranger ça, elle sera prête demain matin.

J'ai vu venir les ennuis. J'ai dit au patron, il aurait pu au moins me prévenir, téléphoner à l'hôtel. Parvenu à mi-hauteur, main sur la rampe, il a répondu que son ouvrier n'avait pas eu le temps. Celui-ci, qui m'avait ouvert la porte, a soulevé son casque après avoir posé son bec de chalumeau sur le sol. Il m'a adressé un sourire amical, puis il a haussé les épaules en signe d'impuissance.

J'ai demandé au patron si c'était sérieux, s'il se moquait de moi. Nous sommes ici, dans cette ville, pour une semaine, et j'aimerais quand même, si ça ne vous dérange pas, repartir avec une voiture en état. Pas de problème, s'est-il exclamé. Cette dernière phrase, Luisa n'a pas eu à la traduire. J'ai repris : Et moi, je vais comment à Syracuse ? en mobylette ?

Le patron atteignait les dernières marches près

du sol. Selon toute vraisemblance, il se posait la question de savoir en quoi c'était un problème de rendre un véhicule avec vingt-quatre heures de retard. Il s'est accroupi, face à la voiture, en professionnel évaluant le montant des dégâts. Laissez-nous un peu de temps, vous et madame, a-t-il soupiré, et l'ouvrier a repris son chalumeau. Le patron s'est relevé, époussetant du plat de la main sa combinaison orange de mécanicien, froncée à la taille.

Elle sera prête dans la soirée, c'est pas grand-chose, cette aile accidentée. Remarquez, on se demande comment c'est possible. Vous veniez de l'aéroport, c'est bien cela ? Une cinquantaine de kilomètres, ce n'est pas si loin, et vous, vous trouvez moyen de cabosser votre auto neuve. Le serveur, c'est mon gendre, Roberto, il dit que vous rouliez trop vite. Luisa a répliqué que le dénommé Roberto n'en savait rien, et quand on n'est pas au courant, vous savez ce qu'il faut faire ? Le patron a mis les mains dans ses poches.

Quant à moi, je ne me souvenais pas avoir donné tant de détails au serveur. J'ai dit, ce soir, c'est déjà trop tard. J'ai évalué, parmi d'autres désagréments, le risque qu'il y aurait à ne pas déclarer l'accident lors de la restitution à l'agence. Aussi je savais par expérience que les contrôleurs, à ce genre de poste, étaient très pointilleux. Inutile donc de chercher les ennuis.

Luisa a pris la direction de la sortie. À cause du bruit, m'a-t-elle annoncé, désignant, d'un geste de retenue, l'homme au chalumeau, à qui s'ajoutait, tout au fond, devant son établi, l'ouvrier coiffé d'un turban manipulant la fraiseuse. Et, pour la première fois depuis notre voyage à Agrigente, donc depuis la découverte de la photo représentant cet enfant mort sur le bord de la route, j'ai perçu ce léger voile d'humidité dans les yeux de Luisa.

J'ai franchi le seuil du garage en poussant la lourde porte métallique. Au départ, je voulais offrir à ma femme des vacances dignes de ce nom, un beau voyage au soleil. À cet instant, je me suis demandé : quoi de plus précieux que des vacances au soleil ? Et, de ce fait, j'étais désolé, la tournure des événements me désolait. J'ai souhaité du fond du cœur qu'on en finisse avec cette histoire qui ne tenait pas debout, et pourquoi ne tenait-elle pas debout ? en toute logique ? parce que le patron, au milieu de son atelier, qui essuyait maintenant ses mains dans un chiffon imbibé de cambouis, n'avait pas fait son travail.

Luisa s'impatientait au bord de la route. Elle me tournait le dos, et c'était aussi bien. J'évitais ainsi le regard de ses beaux yeux verts. Pourquoi beaux, Melvil ? Pourquoi se raconter des choses pareilles ? Pourquoi qualifier ses yeux, alors que tu viens, par maladresse, d'anéantir sa journée, et ta journée ? Et toute la durée des vacances de ta femme par la même occasion ? Tu n'as jamais regardé ses yeux. Maintenant, oui, tu les vois.

J'ai repris le chemin de l'atelier. Le patron, revenu s'adosser contre la rampe, discutait, maintenant, avec l'ouvrier au chalumeau. Il se demandait où était passé son gendre, Roberto, le grand malade, là, avec sa veste blanche, ses galons d'officier, et l'ouvrier répondait qu'il était d'accord, Roberto, il parle pour ne rien dire, il se prend pour qui, à la fin. Le patron a dit qu'il pensait la même chose, puis il a déclaré, me voyant apparaître, mon ouvrier sait le faire, il va s'y remettre, ne nous énervons pas, et j'ai dit : Ah oui, vous allez vous y remettre... ! C'est ça... On va vous croire.

Luisa est revenue, ce qui m'a surpris. En fait, elle avait pris une décision : partir d'ici, disparaître.

Elle m'a tiré par le bras. Nerveusement – je ne sais si elle ne m'aurait pas légèrement pincé à hauteur du coude. On ne parviendra à rien avec ces gens-là, a-t-elle déclaré. Le mécanicien m'a regardé monter dans la voiture, claquer la portière, vérifier la présence des clés de contact sur le tableau de bord, annoncer que nous repartions.

D'abord, j'ai attendu que l'ouvrier au turban lâche sa fraiseuse et vienne m'ouvrir la grande porte métallique. Il a tiré à lui, d'un geste machinal, le premier battant. J'ai aperçu, de loin, Luisa, qui atteignait déjà le trottoir, direction la sortie. Le mécanicien a ouvert le second battant. J'ai donné un coup d'accélérateur, la combinaison orange du patron a surgi. J'ai aperçu ses bras en croix, signe d'interdiction, et j'ai stoppé. Attendez ! J'ai baissé ma vitre, et suis resté sur le seuil du garage. Le patron a donné un ordre à l'ouvrier au turban, qui a ouvert ma portière. Plus loin, Luisa, à l'arrêt sur le trottoir, mais qui ne patienterait pas longtemps, prête à traverser la route, son sac en bandoulière. J'étais inquiet à l'idée qu'elle parte sans moi et se rende, pourquoi pas, à Gravinnella. C'était fort plausible. Luisa n'en faisait jamais qu'à sa tête, et j'en ai voulu au patron qui se tenait penché devant mon pare-brise, les mains à plat sur le capot. Il me parlait, mais je ne comprenais pas un traître mot de ce qu'il disait, sinon qu'il s'adressait aussi au mécanicien, qui m'a invité à descendre.

Le patron s'est approché : On va la réparer, monsieur, votre voiture, vous auriez pu me le dire, que vous logiez à l'hôtel, vous connaissez ma fille, ça me revient. Maintenant j'ai compris, tout va bien. On va la remplacer tout de suite, votre aile.

J'ai rejoint Luisa, pour lui annoncer que tout s'arrangeait, le patron avait changé d'avis. Elle a accepté de faire demi-tour. Il m'attendait toujours devant la porte, essuyait ses mains dans un chiffon propre et rangeait son téléphone dans la poche de sa combinaison. Je lui ai demandé combien de temps il lui faudrait exactement. Deux à trois heures, vous pouvez vous installer avec madame. Il m'a désigné un parasol à l'extrémité de la cour, une table pliante et des chaises : Ma fille m'a tout raconté, vous avez eu des ennuis à votre arrivée, on a compris, nous aussi, on écoute la radio, donc pas la peine de me faire un dessin, on ne va pas vous laisser tomber, vous n'êtes pas le premier touriste…

Le patron a disparu un instant dans la pénombre de son garage. Je l'ai aperçu devant la voiture, qui donnait des consignes à son mécanicien. Il est revenu en m'indiquant le montant de la facture, remplacement de l'aile, pièces et main-d'œuvre. Il a évoqué ensuite une réduction sur le prix horaire de la pose, mais j'en ignorais le montant. J'ai seulement perçu l'expression : prix d'ami, suivie de : car vous connaissez ma fille, aussi, ce serait mieux de payer d'avance, nous acceptons le cash. J'ai fait le compte mentalement, en euros, de mon retrait au distribanque quelques heures plus tôt, en lui répliquant que le montant de la réparation était excessif. Et puis, Luisa s'est approchée, avisant le parasol. Le patron a plongé sa main dans une glacière. Il a extrait deux boissons gazeuses, qu'il a décapsulées, et Luisa s'est installée, sans demander mon avis, vérifiant qu'aucune trace de cambouis n'était venue contaminer sa canette sur le relief du bec verseur.

Le patron m'a tendu la main, il a dit, les choses vont s'arranger, il comprenait mes difficultés, je m'appelle Michelini. Roberto, le serveur, c'est le fiancé de ma fille, Rosa, mais Roberto, c'est un imbécile, il ne m'a pas précisé que vous logiez à l'hôtel.

Il s'est assis sous le parasol. De là où j'étais, tournant le dos à la route, j'ai vu passer l'ouvrier d'origine asiatique. Il s'est dirigé vers son collègue s'activant au démontage de l'optique du phare avant droit, le patron me déclarant, de son côté, que ça avait dû produire un gros choc, cet accident, et j'ai senti Luisa prête à lui dire que ça ne le concernait pas. Au passage il a signalé, aperçue sur la banquette arrière, la photographie de cet enfant mort, en première page du journal. Il a marmonné, sale histoire, en ajoutant d'une voix plus distincte que ce genre d'événement, ce n'était pas rare, mais le mieux, vu notre situation, serait de ne pas laisser traîner le journal visible par tous sur la banquette, ça peut attirer l'attention des policiers, et Luisa m'a lancé un regard de reproche. Je suis parti dans le garage. J'ai dit au patron, vous avez raison, monsieur Michelini. J'ai baissé le siège avant, pris le journal, emprunté le briquet de l'ouvrier au turban, qui terminait le démontage de l'aile. J'ai posé le journal à l'extérieur, sur un bidon usagé, je lui ai mis le feu, en partie pour que Luisa m'aperçoive et ne m'adresse pas de reproche de négligence, l'autre partie pour me rassurer à titre personnel, et j'ai remercié Michelini de son conseil avisé.

Il expliquait à Luisa qu'il fallait redoubler de prudence. Vous comprenez, ma fille a reçu la visite de la police, ils l'ont interrogée, sans approfondir leur enquête, mais ils ont promis de revenir dans les heures qui suivent. Le carabinier s'intéresse à un soi-disant couple qui aurait pris une chambre dans les alentours, à partir de dimanche. Rosa a dit que les policiers n'étaient pas restés bien longtemps, mais il y avait parmi eux un certain inspecteur, qui s'est montré très impliqué. Il a rappelé enquêter sur l'accident qui a coûté la vie à cet enfant, il a dit que ce n'était pas évident, même si ce gosse n'avait rien à faire là au milieu, à une heure pareille. En tout cas, l'inspecteur a l'air bien renseigné, écoutez-moi bien, il sait déjà que les parents vivent à proximité du lieu de l'accident, ils sont installés non loin de la plage depuis le début du mois, là-dessus, l'inspecteur est très précis. C'est pourquoi je vous donne ces explications, car il défend la cause des parents, il est connu, dans la région, son nom, c'est Dacosta, il n'en est pas à sa première affaire, c'est fréquent avec les clandestins qui trouvent souvent refuge au bord des routes. Il a dit avoir déjà mené son enquête parmi les gens du campement. La voiture s'est arrêtée après le choc, le moteur s'est coupé, puis, ce fut le silence total, quelques minutes. Les parents ont bien entendu. On peut donc en déduire que le conducteur n'est pas descendu de son véhicule. Les parents, eux, ils étaient loin de s'imaginer que leur fils venait de passer sous les roues de la voiture. Ensuite, le véhicule a démarré, il a filé tout droit, mais, notez-le, l'inspecteur a raconté à ma fille : pas un bruit, seul un petit claquement de portière, et rien d'autre, à croire que renverser un enfant, ça peut laisser indifférent. Vous comprenez, après un tel choc, en principe, on descend de voiture, non… ? alors, je vous mets en garde, moi, monsieur Hammett, vous vous appelez bien Hammett, n'est-ce pas ? ma fille me l'a dit. Sachez que les autorités se renseignent depuis hier, dans chaque hôtel, et moi je suis en train de me dire qu'ils ne vont pas tarder à se mettre à la recherche des garages de mécanique, et je préférerais qu'à ce moment, en cas de visite, vous soyez déjà partis. Ça n'a l'air de rien, mais plus j'y réfléchis, plus ça me tracasse. Ça ne me quitte pas depuis le coup de téléphone de ma fille, et depuis que Roberto a eu l'intelligence de me rappeler que vous étiez de l'hôtel et qu'il avait oublié de me prévenir. Vous savez, il est comme ça, Roberto, il aime rendre service, mais il oublie tout ce qu'on lui dit, c'est une vraie passoire. Vous lui donnez un ordre, il vous répond oui, mais ça passe dans une oreille, et ça ressort par l'autre. Se pavaner dans sa veste blanche, montrer ses galons, ça d'accord, il sait faire, donc difficile de lui accorder la moindre confiance. Alors, attendez une minute, et Michelini a disparu dans le garage.

Il est revenu un quart d'heure plus tard, le temps pour nous de siroter le reste de notre soda. Il nous a priés de l'excuser, une simple vérification du travail de son ouvrier. Il a poursuivi, ça va durer plus longtemps que prévu, un problème avec le feu clignotant, la pièce de rechange, ce n'est pas le même modèle, il y a aussi un petit ennui sur la calandre, mieux vaut tout changer, le prix est peut-être plus conséquent, mais ensuite, vous pourrez repartir tranquilles… vous passerez au distribanque. Et Luisa n'a pas manifesté sa désapprobation. J'ai dit au patron que tout allait bien, cependant, c'est la dernière fois, monsieur Michelini, je vous préviens, que vous augmentez la note. Mais lui était déjà ailleurs, il avait des questions à poser à Luisa. Il lui demandait comment une jeune touriste comme elle envisageait son séjour en Sicile ? Luisa l'a reçu avec froideur. Ce qui l'intéressait, c'était d'abord la rapidité de la réparation, c'est très cher, a-t-elle poursuivi, beaucoup trop cher. Le patron a négligé la réflexion de Luisa. Il est revenu à moi : il avait une question, restée, jusqu'ici, sans réponse. Pour mieux comprendre, il faudrait remonter au début, quand Michelini a reçu le coup de téléphone de Roberto lui mentionnant cette aile à réparer. La voilà mon interrogation, monsieur Hammett : pourquoi avez-vous quitté la nationale quand vous êtes sorti de l'aéroport ? Roberto m'a tout dit. Je me pose cette question, car… si j'ai bien compris, vous avez changé de trajet, vous ne vous êtes pas rendus directement à l'hôtel… ça m'intéresse. L'accident, si je dois vous mettre à l'aise, ce n'est pas grave, ça arrive, je pourrais presque dire, on a l'habitude, mais vous, quel motif vous a décidé à changer de direction ? Que s'est-il donc passé… ? Vous comprenez ma question… ?

Oui, je comprenais, c'était très simple à expliquer : Voilà, monsieur Michelini, nous sommes venus en Sicile pour voir la mer, alors nous avions l'intention de nous rendre sur une plage, le plus tôt possible, vous comprenez, nous, nous visitons le pays, mais, question de temps, nous n'avons que quelques jours à notre disposition… Et alors, pourquoi, après avoir vu la mer, ne pas se rendre directement à l'hôtel ? Votre chambre était payée. Pourquoi quitter l'autoroute ? et, dans ce cas, dans quel hôtel avez-vous passé la nuit, je suis curieux ? Ma fille m'a rapporté, vous n'êtes arrivés que le lendemain, c'est d'ailleurs l'explication qu'elle a fournie aux carabiniers. J'ai répondu que, si j'avais changé de direction, c'était par sécurité. Je me suis penché vers le patron : Je vous dois cette confidence, ai-je baissé la voix : suite au choc contre ma voiture, j'ai craint d'être suivi. Oui, je sais, à première vue, ça peut paraître déplacé, mais c'est comme ça, allez savoir. J'ai pensé aussi qu'il était tard, et que je n'allais pas me présenter à l'hôtel à une heure pareille, débarquer comme une fleur, réveiller le gardien, alors je n'ai pas réfléchi, et j'ai pris la première sortie… J'ai laissé un temps pour observer sa réaction. Il ne m'a pas semblé très convaincu. Alors, j'ai repris : Si c'est cela qui vous tracasse, monsieur Michelini, dans ce cas, oui, j'ai préféré différer notre venue. Passé ce choc peu après la sortie du snack-bar, je me suis mis en tête qu'on pourrait s'arrêter sur un parking, attendre le lever du jour. Finalement, vous avez dormi dans un fossé ? Finalement, non, monsieur Michelini, nous nous sommes arrêtés dans le premier village venu, et nous n'avons pas eu à le regretter.

Je me suis rendu compte que mes réponses attisaient la curiosité de Michelini. Luisa et moi étions capables de passer la nuit dans une voiture au lieu de nous rendre à l'hôtel, et ça l'étonnait. Elle est payée, votre chambre, m'a-t-il déclaré, incrédule. J'ai haussé les épaules. Luisa a manifesté d'un soupir non maîtrisé son agacement face à toutes ces questions. Michelini a réfléchi encore un instant. Puis, il m'a demandé si je me souvenais du nom du village où nous avions passé la nuit. J'ai répondu, Gravinnella. Mais il n'y a rien à faire à Gravinnella, tout juste si on y trouve un marchand de glaces ! s'est-il exclamé.

Il a paru embarrassé. Il s'est demandé, à voix haute, si le mieux ne serait pas de laisser la voiture dans le garage jusqu'au lendemain. Il a dit aussi que c'était trop dangereux pour nous de rentrer à l'hôtel, et qu'il allait nous trouver une chambre pour la nuit, moyennant finance, et Luisa l'a interrompu. Il n'en était pas question. On prend la voiture et on rentre à l'hôtel. Michelini l'a regardée avec une pointe de stupéfaction, faut-il le reconnaître, en lui déclarant : Je ne sais si vous vous rendez compte, madame Luisa, mais on vous recherche.

# 18

Michelini m'a entraîné dans son bureau, il a fait un rapide calcul sur une page de carnet à l'en-tête d'une marque d'huile de moteur. J'ai sorti les billets préalablement retirés au distribanque en face de l'hôtel, j'ai aligné les coupures sur le bureau, les comptant une par une, montant insuffisant, pour finalement déclarer que je revenais dans une heure, le temps de retirer le complément. Michelini m'a répondu que le véhicule réparé ne quitterait pas le garage tant qu'il n'aurait pas reçu l'argent cash. Il m'a recommandé de faire attention. C'est-à-dire ? lui ai-je demandé. Prendre garde à ne pas se faire remarquer. Il m'a alors tendu une autre page du carnet où il venait d'inscrire le numéro de son mobile, en cas de besoin, a-t-il prévenu.

Ensuite, Michelini a déclaré que Luisa pouvait très bien attendre ici, et j'ai répondu que je m'absentais, le temps de gagner à pied le centre de Taormine, et de me mettre à la recherche d'une banque.

Suite au retrait d'argent, effectué les sens en alerte, je me suis installé dans le fond d'un bar, devant un double expresso, consommé brûlant. Smartphone en main, je me suis alors penché sur mon relevé de crédit, sachant que, vu la note, je payais, à vue de nez, cinq fois le montant de la réparation, et j'ai déduit de mon contact avec le patron du garage que j'avais affaire à un réseau, dont je connaissais au moins deux noms, Michelini et Roberto, auxquels je pouvais associer Rosa, la réceptionniste de l'hôtel Via del Mare. Cela me rassurait, car les membres de ce réseau étaient seuls en mesure de me venir en aide. Mais cela m'inquiétait aussi, car le patron ne plaisantait pas avec les prix. Après avoir fait le compte d'argent disponible, j'ai dégusté à la petite cuillère la mousse brune et sucrée au fond de la tasse d'expresso.

Un quart d'heure plus tard, après avoir dépassé

la façade de la cathédrale, devant quoi j'aurais souhaité que Luisa soit présente, et m'en fasse le commentaire, j'ai longé le trottoir, face à l'entrée du théâtre antique, me souvenant que ma femme en avait fixé la visite, projet rendu désormais obsolète, vu notre situation. Puis, je me suis attardé, en bon touriste, pour donner le change à d'éventuels enquêteurs de la police, devant la grille d'entrée.

Il s'agissait désormais de se fondre parmi les visiteurs. J'ai quitté les lieux, après avoir vérifié les horaires de fermeture, avec cette seule perspective, illusoire, de dire à ma femme que nous visiterions le théâtre antique dès que j'aurais réglé les comptes avec le patron du garage.

Mais aussi, je ne savais où aller. D'autant qu'existait une chance, très mince, certes, mais elle existait, après tout : sortir de ce pays sans éveiller l'attention de la police.

De loin, j'ai aperçu la voiture de louage sous les lettres grand format peintes à la main sur la façade de l'atelier : Zaza Michelini, réparations mécaniques. Sa carrosserie blanche se dessinait, par contraste sur l'obscurité du garage. Et je me suis dirigé directement, d'un pas hâtif, vers l'atelier. J'ai alors aperçu l'uniforme d'un policier. Ensuite, vers la droite, à courte distance de la grande porte métallique, la voiture des carabiniers, portières ouvertes. S'ajoutait cet homme en uniforme, chemisette bleu pétrole, ceinture blanche, qui semblait guetter la route déserte. Il a changé de position pour discuter avec Michelini, surgi de l'atelier, qui avait dû détourner son attention en m'apercevant. Et j'ai poursuivi mon chemin, sans précipitation apparente, infléchissant la courbe de ma trajectoire en direction du garage, dépassant le bâtiment avec naturel, pour continuer ma marche, comme si de rien n'était, le long du trottoir. Ensuite, caché dans le recoin d'un terrain grillagé, parmi les herbes, l'hélice et le moteur d'un climatiseur hors d'usage, les outils rouillés mis au rebut, j'ai patienté à l'abri derrière le bâtiment, en attendant le départ du carabinier, que j'ai vu passer en voiture, non loin de moi.

Michelini a empoché les billets, sans faire le compte, sans m'adresser une seule remarque sur cette somme exorbitante, me déclarant de sa voix rauque que Luisa avait décidé de rentrer à l'hôtel, prendre quelques affaires, avant, a-t-il poursuivi, de se rendre à Gravinnella. Il n'avait pu l'en empêcher. À mon avis, monsieur Hammett, ce n'est pas une bonne idée de se rendre à l'hôtel à cette heure-ci, mais moi, vous savez ce que j'en dis ? Votre femme, elle fait comme elle veut.

Et je me suis pressé vers les escaliers qui descendaient à la ville basse, en déclarant au patron que je viendrais chercher la voiture en soirée, ou peut-être même à la nuit tombante. Michelini m'a alors promis de laisser les clés sur le tableau de bord. Il m'a auparavant serré longuement la main, d'une poigne vigoureuse, en me rappelant, une nouvelle fois, que je n'étais pas le seul à rencontrer ce type d'ennuis. Je lui ai demandé, quel type d'ennuis ? Et Michelini m'a répondu : Vous savez de quoi je veux parler, ce gosse. Il m'a souhaité bonne chance.

Luisa patientait sur le trottoir, devant un arrêt de bus. Elle a évité les escaliers, trop fréquentés, et pris la direction de la cabine à crémaillère, qui nous a descendus non loin de l'hôtel, où Luisa s'est rendue dans le hall. J'ai suivi. Pour tout accueil, la réceptionniste lui a lancé un regard de défiance, qui signifiait, du moins je l'ai interprété ainsi : prenez garde, madame Luisa, ils sont au bord de la piscine, je crois qu'ils vous cherchent. Néanmoins, elle a pris le temps de nous annoncer que la police était sur le point de perquisitionner notre chambre, qu'ils attendaient un mandat du juge. J'ai prévenu ma femme, nous n'avions pas le temps de récupérer nos affaires, trop dangereux. Mais Luisa m'a rappelé qu'elle avait déposé son passeport dans le tiroir du petit secrétaire. Elle ne partirait pas sans. Nous nous sommes empressés de monter.

## 19

La carte à glissière fonctionnait, j'ai remercié en pensée la réceptionniste. La porte refermée, Luisa, restée debout et indécise, s'est souvenue, dans la confusion, son passeport n'était pas dans le tiroir du secrétaire, mais, elle venait de s'en rendre compte, dans le fond de son sac à main. Elle s'est excusée. Des pas dans le couloir. Je l'ai poussée à la hâte sur le balcon, au-dessus du jardin tropical. Juste eu le temps de fermer le rideau, d'apercevoir un homme en costume marron glacé, que j'ai présumé être cet inspecteur Dacosta, décrit par Michelini. En tout cas, il avait l'allure d'un inspecteur, et j'ai pensé l'avoir identifié, bien que le patron du garage n'ait pas, en réalité, dressé son portrait.

L'homme est entré. Il s'est immobilisé sous la lumière tamisée, parvenue des rideaux masquant en partie les ouvertures. Le policier qui l'accompagnait a ouvert la fenêtre donnant sur le mur d'enceinte, côté opposé au balcon. L'inspecteur Dacosta, puisque j'ai pensé que c'était lui, n'a pas bougé. Il a pivoté d'un demi-tour sur ses talons, considéré la chambre, enfilé une paire de gants transparents, et j'ai vite compris qu'il nous faudrait patienter longtemps derrière les rideaux en tulle du balcon, doublés d'une tenture épaisse, car cet homme restait immobile au milieu de la chambre. Il réfléchissait, perplexe, la main gauche sur la hanche soulevant le pan de sa veste, se tenant comme s'il avait mal au dos et éprouvait le besoin de s'étirer, l'autre main caressant son menton.

Luisa s'est rapprochée, se serrant contre mon épaule. Je l'ai sentie aussi nerveuse que moi, et j'ai craint qu'elle n'éveille l'attention du policier, ou pire encore, celle de l'inspecteur. Par l'interstice entre le bord du rideau et le volet intérieur, je l'ai aperçu comme je le pouvais, sortir les habits de Luisa de la penderie, geste accompagné du grincement métallique des cintres glissant sur leur support. Il a roulé chaque vêtement en boule, un par un, les jetant sur le lit, puis au sol, sans ménagement. Le policier en uniforme, lui, tirait les draps, soulevait les matelas et les laissait retomber. Ensuite, ils ont éparpillé sur le carrelage de la salle de bains le contenu des étagères fixées au-dessus des lavabos. J'ai perçu un éclat de verre. Les ustensiles de toilette jonchaient maintenant le parquet sur toute la surface de la chambre, et devant la porte-fenêtre du balcon. Le policier a retourné le sac de plage de Luisa, qu'il tenait bras tendus, posant des questions à l'inspecteur, qui ne lui répondait pas. Contraint par ce fouillis au sol, sur le tapis couleur bronze, entre la penderie et le lit, Dacosta progressait lentement, avec méthode, en professionnel de la recherche d'indices. J'ai serré Luisa contre moi, prenant garde de produire le moindre chuchotement.

Parvenu devant la table de nuit, Dacosta a cessé d'enjamber les objets précipités sur le parquet. J'ai aperçu une partie de son visage entre les pans à peine disjoints du rideau. Alors, il s'est baissé en se déplaçant sur la gauche, et ce fut pour moi difficile de distinguer cet objet porté à la lumière du jour. Il a toussoté, puis émis d'entre ses lèvres un petit soupir de satisfaction, s'exclamant en direction du policier – première fois que j'entendais le son de sa voix : Regardez, capitaine, ce que je viens de trouver, c'est intéressant. Cette fois, cet homme connaissait mon identité. Il a en effet exhibé, sous les yeux de celui qu'il appelait capitaine, ma carte de transport gratuit pour demandeur d'emploi, document sans doute égaré par moi, avant notre départ en voyage, dans une de mes poches arrière de pantalon. Puis il a déclaré, détaillant la photo : Maintenant, je sais à qui j'ai affaire.

Le policier est resté silencieux, une main fouillant à l'aveugle dans le sac de plage de Luisa, contemplant les éléments de la penderie jetés en vrac, cintres et nécessaire à chaussures, mes sandales de plage fournies par l'hôtel, mêlées dépareillées aux ballerines et aux espadrilles de Luisa.

L'inspecteur n'attendait aucune réponse du policier. Il s'est baissé de nouveau, fouillant, sans ralentir le rythme, parmi mes chemises, rejetant la serviette de bain encore humide du passage de Luisa à la piscine, le matin même. Il a dit : Ce type, on ne va pas tarder à mettre la main dessus.

Tenez ! a-t-il tendu ma carte de transport, donnez ça à votre collègue du rez-de-chaussée. Il a siffloté, puis chantonné, satisfait : Je ne sais pas ce qu'ils trafiquent, nos deux oiseaux, avisant maintenant le carrelage noir et blanc de la salle de bains, exhumant, de la poubelle, un justificatif de carte bancaire, déchiré par mes soins, la veille, en plusieurs parties, trace de l'achat à Agrigente, des lunettes de soleil, ou facture après le plein d'essence. Il a méticuleusement reconstitué la note sous forme de puzzle, fragment par fragment.

Le policier a retourné en le secouant le tiroir du secrétaire. Venez voir, monsieur l'inspecteur. Il a tendu à son supérieur le petit carnet à spirale de Luisa. Dacosta l'a ouvert, feuilleté posément. Sans réaction. Puis, il a demandé à son collègue où il l'avait trouvé, dans quel tiroir ? À son avis, en effet, ça valait la peine de regarder. Il s'est assis sur le matelas, se mettant à l'aise pour lire une page, au hasard. C'est leur programme de visites ! a-t-il déclaré, ça peut toujours nous renseigner, quoique j'en doute. En tout cas, ça ne nous dit rien de précis. Mais… sait-on jamais. L'inspecteur s'est attardé sur une nouvelle page : C'est elle qui tient les comptes ! et lui, il s'occupe de l'argent liquide, ça ne nous apprend pas grand-chose non plus. Il a poursuivi sa lecture : Cette femme tient son journal. Écoutez ça, capitaine : à peine arrivée, elle note qu'elle respire l'air vivifiant du pays, malgré quelques gouttes de pluie, c'est ce qu'elle a écrit, dès son débarquement à l'aéroport. Elle a hâte aussi de prendre un bain de mer, elle ajoute, c'est si vivifiant, d'ailleurs, elle attend de Melvil, cité plusieurs fois, qu'il découvre une belle plage de sable. Elle souhaite aussi qu'il se ressaisisse. Cependant, elle ne précise pas en quoi il doit se ressaisir. J'imagine donc qu'ils ont dû se quereller avant leur départ, car elle semble réagir à vif, et lui, il est en difficulté avec son couple. À mon avis, je vais vous dire, capitaine, j'ai le nez pour détecter ce genre de choses, il doit y avoir un amant quelque part. Par contre, sur la mort de l'enfant, rien du tout. La réceptionniste m'a dit que c'est une très belle femme, particulièrement élégante, et lui, il court derrière, comme un chien en laisse, un vrai petit toutou, du moins, c'est l'impression qu'il a produite, dès le début. Et toujours selon la réceptionniste. Je crois que je vais tout lire, ça devient piquant. On va l'étudier, ce carnet, surtout les endroits où elle évoque son mari, et là, on recueillera certainement d'autres informations, qui nous permettront de découvrir où ils se cachent.

La lecture commentée à voix haute a duré assez

longtemps. J'ai ressenti de l'amertume que cet individu pénètre ainsi l'intimité de Luisa. À la fin, il a dressé le constat, déçu. Pour l'instant, ça ne nous apprend rien sur l'endroit où ils sont, a-t-il conclu. J'ai alors réagi intérieurement au fait que je n'avais, quant à moi, jamais lu une seule ligne du journal de Luisa. Il a remis le carnet à spirale au policier, qui l'a introduit dans un sachet en plastique transparent, à côté de ma carte de transport.

Dacosta a poursuivi son investigation, il s'est adressé au policier, d'une voix toujours marquée par la déception. Côté piscine, vous n'avez rien relevé de particulier… ? aucune trace… ? Ils devraient bien se trouver quelque part par là, mais patience… Vous avez surveillé le parking ? Veillez, inspecteur, à ne pas vous couper avec les débris de verre à dents dans la salle de bains, a répondu le policier, j'en ai vu des éclats au coin du lavabo… Puis : Je connais une femme de ménage qui va avoir du travail. J'ai pris conscience à cet instant que mon smartphone pouvait sonner, m'envoyer un message d'alerte à n'importe quel moment, et je suis parvenu à l'éteindre d'une seule main, sans bouger le bras.

Le policier a annoncé qu'il rejoignait ses collègues. J'ai serré le poignet de Luisa en signe de soulagement. Mais l'inspecteur a retenu d'un geste le capitaine. Il lui a rappelé que celui-ci avait oublié d'interroger la réceptionniste. Lui-même, l'inspecteur, pensait depuis le début qu'elle savait plus de choses qu'elle ne le laissait supposer. Le policier a répondu qu'il s'en préoccupait, aussi il allait lever la surveillance du parking. Vous avez raison, capitaine, a jugé l'inspecteur… Cherchez plutôt dans les environs, pas dit qu'ils n'aient pris un autre hôtel sous un faux nom, dans ce cas, ce sera difficile.

Ils ont ensuite, tous les deux, énuméré, en les classant par ordre de priorité, les moyens utilisés par ma femme et moi – ils nous ont appelés les fuyards – pour se soustraire à l'enquête. Je vous donne en mille qu'ils sont restés dans le coin, ou alors, c'est ce que vous m'avez dit en arrivant, et vous avez peut-être raison, capitaine, ils seraient déjà partis du côté de Messine, là où ça circule. Et l'inspecteur en costume, dont je distinguais tout juste le profil, car il était à contre-jour, coiffé de son borsalino, que venait de lui tendre le policier, s'est assis avec précaution, prenant son temps, sur le fauteuil de Luisa. Il a débarrassé le velours du siège d'éventuels débris de verre abandonnés par la fouille, s'exclamant que ça lui avait échappé jusqu'à présent, qu'ils avaient affaire, parlant de moi, à un as de la dissimulation.

La sonnerie de son smartphone s'est déclenchée. Il a porté l'écouteur à son oreille, il a dit : Très bien, puis, quelques secondes plus tard : … ne bougez pas, que personne n'y touche. Il a raccroché : On a retrouvé la voiture, apparemment ça n'a rien donné. Je ne sais s'ils ont bénéficié de complicité, mais une chose est certaine, ici, dans cet hôtel, personne ne parlera. Vous allez l'interroger, la réceptionniste ? N'oubliez pas le serveur, le dénommé Roberto. Avec moi, il est resté muet comme une tombe, mais il sait des choses. Ça me fait dire que nos deux fuyards ne sont pas loin. Jusqu'à présent, ils nous ont filé entre les doigts, mais ça ne va pas durer. Bon sang ! J'aurais dû penser plus tôt à la réparation de sa voiture, c'est tellement évident, il n'est pas le premier à tenter de maquiller la carrosserie d'un véhicule suite à un accident, sauf que lui… il a tué un gosse ! Ça ne sera pas long, c'est un couple, à deux c'est plus difficile de se cacher… vous m'entendez, capitaine… ? L'inspecteur s'est relevé, il s'est baissé de nouveau, il a saisi ma valise par la poignée, il l'a secouée, dans l'espoir de trouver un autre indice, mais ce ne fut pas le cas. Il s'est rendu de nouveau dans la salle de bains, sa voix a résonné… J'ai oublié une chose, capitaine, demandez donc à voir le registre du personnel. C'est toujours instructif. Moi, je vous dis que le serveur avec sa veste blanche, sa tête de faux jeton, il sait des choses, et ce n'est pas qu'une intuition. Vous l'avez convoqué, lui aussi… ? Il attend avec les autres dans le hall, monsieur l'inspecteur.

Dacosta est resté seul, à réfléchir, et ça semblait le désoler de ne pas trouver d'autre indice. Il a shooté dans mes chaussures de plage. J'ai posé ma main sur la bouche de Luisa, de crainte qu'elle ne se manifeste. J'ai murmuré dans son oreille, il faut patienter, craignant que le souffle de ma voix, même en sourdine, n'attire l'attention de l'inspecteur. Mais il s'est retiré, enjambant les habits chiffonnés, puis le tiroir retourné en vain du secrétaire, à reculons, comme à regret.

## 20

Nous avons attendu la fin de l'agitation policière dans le hall de réception. Enfin, le calme est revenu. J'ai jeté un regard à l'extérieur de la chambre. Apparemment, ils en avaient fini avec les interrogatoires. Luisa est restée sur le balcon, elle s'est plaquée contre le mur, en tendant le cou, pour mesurer la hauteur qui nous séparait du sol, m'assurant qu'elle pouvait sauter dans le jardin si on voulait quitter l'hôtel sans être vus. J'ai répondu que c'était complètement stupide, et j'ai appelé Michelini. J'ai parlé argent, seul mot susceptible de se faire comprendre par le patron du garage, vecteur absolu. Ensuite le mot cash, formule magique pour qui fréquente Michelini, suivi du groupe de mots carte de retrait. J'ai aussi laissé entendre que la locution compte bancaire, avait, concernant ma femme, une valeur significative.

À ce titre, Luisa m'a demandé comment je m'y prendrais un jour pour rembourser son père, puisque je m'étais servi sur le compte commun, dont la presque totalité était alimentée par Gozzolli. J'ai répondu que la priorité, désolé, Luisa, ce n'était pas cette question du compte, mais comment sortir de là. Elle a contemplé la chambre, ses robes en chiffon, nos peu de vêtements pour un séjour d'une petite semaine. Elle s'est assise sur le coin du fauteuil, appuyée sur l'accoudoir, accompagnant son geste d'un soupir de découragement.

Michelini, qui ne s'était pas éternisé au téléphone, mais restait attentif à la situation, m'a rappelé, pour me proposer une solution. Il m'a demandé ce qu'on faisait encore dans la chambre d'hôtel, en ajoutant, une nouvelle fois, qu'on ne mesurait pas notre chance, c'est un miracle que vous ayez échappé à la police. Alors, écoutez-moi bien, monsieur Hammett, vous allez faire comme je vous dis, donc, suivre mes instructions, à la lettre. D'abord, dites-moi exactement où vous êtes. Nous sommes à l'hôtel Via del Mare. Non, je ne parle pas de l'hôtel, je dis : où dans l'hôtel ?

Dans notre chambre. Et qu'est-ce qu'elle a votre chambre ? Elle a qu'elle a été perquisitionnée. J'ai alors demandé du regard son avis à Luisa, elle a dit oui. Michelini continuait de parler.

Vous restez où vous êtes, on va venir vous chercher… J'ai dit d'accord, mais pour aller où ? Le plus urgent, monsieur Hammett, c'est de vous mettre à l'abri. Vous n'êtes pas d'accord ? Restez plantés là où vous êtes, et je ne donne pas cher de votre peau. En cinq minutes, tout sera réglé. Les policiers sont sur vos traces, vous allez vous faire avoir. J'ai répété que j'étais d'accord, c'est compris. Alors, attendez, monsieur Hammett, je dois m'assurer du retour au calme dans l'hôtel, ensuite, êtes-vous bien certain que c'est possible pour vous… ? Vous me garantissez que je peux engager les opérations pour vous sortir de là… ? J'ai répondu à Michelini que j'avais aussi un carnet de chèques, mais avant tout, ça se ferait avec la carte bancaire. On en a deux, ai-je ajouté. Que voulez-vous de plus ? C'est très bien, monsieur Hammett, nous sommes entre gens de bonne compagnie, et je vois qu'on peut compter sur vous. On va vous exfiltrer tous les deux. Dans ce cas, ce sera Roberto. L'avantage est qu'il vous connaît. On va vous mettre une voiture à disposition, elle sera parquée dans la rue, devant l'hôtel. Vous attendez. Et quand Roberto arrive, vous le suivez, sans poser de question, sans perdre de temps, avec le moins d'affaires possible, un petit sac suffira. Ajoutez le passeport, et vous montez dans la voiture. Le chauffeur va vous conduire où vous souhaitez. L'essentiel, c'est déjà de sortir de ce trou à rat. Pour l'instant, ai-je répondu, je vais être franc avec vous, monsieur Michelini, nous ne savons où aller. Je dois vous avouer en effet que tout va très vite.

Dans ce cas, Roberto va parer au plus urgent, il vous conduira d'abord hors de l'hôtel, le reste on verra, et je l'ai interrompu : Si ! Attendez… ! Je sais où aller, ce n'est pas très loin. J'ai mis le smartphone dans le creux de ma main, et j'ai croisé le regard entendu de Luisa, soulagée de m'entendre dire à Michelini que, miracle, nous avions une solution, nous irons à Gravinnella. La voix rauque du patron du garage s'est fait entendre, il était d'accord, aucun problème. Nous sommes restés un instant sur le balcon, sans dire un mot. Ça a frappé, j'ai aperçu dans l'entrebâillement de la porte la veste galonnée de Roberto.

## 21

Le serveur a pris la direction de Syracuse par la nationale. Puis tourné sur la gauche à l'embranchement Gravinnella. Nous avons stationné, vitres ouvertes, sur la place du village. Maintenant, j'ai dit à Roberto que nous attendions la suite. Michelini m'avait annoncé que le serveur resterait avec nous, et j'avais besoin d'être rassuré, ma femme aussi. Roberto m'a répondu qu'il attendait les ordres.

J'ai pris le temps de me détendre un instant, rassuré par la réponse de notre chauffeur. Luisa, je l'ai aperçue, le visage marqué par un sourire figé, et je me suis rappelé les conditions dans lesquelles nous avions dormi dans la voiture la première nuit. Luisa, comme si elle avait tout oublié des heures précédentes, a dit, malgré la nervosité de ses gestes, la voix étranglée, garder le souvenir de cette première nuit, qualifiée par elle, sans doute excessivement, de magique. Elle s'était sentie en harmonie avec cette petite place bordée d'amandiers.

Une voiture de police a surgi. Mon premier réflexe fut de me dissimuler derrière l'épicerie, mais je suis resté immobile, protégé par la présence de Roberto. J'ai cependant attiré Luisa, en retrait. Le serveur s'est dirigé vers la voiture de police, il a discuté un instant avec l'officier, sorti de son véhicule. J'ai noté que le policier portait des bottes de cuir noires à reflets bleutés. Ils ont poursuivi leur discussion, et le serveur est venu vers moi. Je lui ai rappelé que j'attendais le coup de téléphone du patron du garage. Le policier est venu lui aussi. Il a salué Luisa d'un signe sur la visière de sa casquette, et Roberto m'a tout de suite prévenu, que ça risquait de mal tourner, et que je devais faire attention à ce que j'allais dire.

L'officier était intéressé par Luisa, il aimait bien ce genre de femme, et Roberto, comme un imbécile qu'il était, a laissé échapper que cela était vrai, Luisa est très belle. Elle est certainement très gentille, a surenchéri le policier. Il avait envie de l'inviter à monter dans la voiture, et de partir avec elle pour une petite promenade. Je me suis avancé. Mais le policier n'a pas fait attention à moi, il a dévisagé ma femme, puis il l'a déshabillée du regard, tranquillement, de haut en bas, avant de se diriger vers son collègue resté au volant. Roberto m'a soufflé dans l'oreille que Luisa risquait d'avoir des ennuis, et j'ai demandé où cet homme comptait emmener ma femme. Roberto a repris, à voix basse : Certainement pas dans un bureau de police... plutôt dans un parking, un endroit désert... et j'ai répondu qu'on allait voir ça. Roberto a posé un doigt sur ses lèvres, ce qui voulait dire : attendez ! vous ne m'avez pas laissé finir ! ils sont capables de l'embarquer. Selon eux, désormais, vous n'êtes rien d'autre que des fugitifs, vous n'êtes donc plus sous protection de la loi, c'est leur façon de voir les choses, ils peuvent tout se permettre... sauf si... monsieur Hammett, sauf... si vous m'écoutez, et si vous me faites confiance. J'ai une solution pour vous et pour votre femme... Le carabinier, je le connais, j'ai déjà parlementé, figurez-vous qu'il accepte de vous aider. Il m'a dit, il ne vous connaît pas, il ne vous a jamais vus, votre femme et vous, monsieur Hammett, de plus, il ne mentionnera pas votre présence dans son rapport, simplement il demande un petit quelque chose en échange de la liberté pour votre femme, vous comprenez, monsieur Hammett ? je ne vois pas d'autre porte de sortie.

J'ai traversé la place, sans un mot, en adressant un signe à Luisa, qui ne bougeait plus. Roberto m'a accompagné, il a redit que, désormais, nous n'étions plus rien aux yeux de ce policier, des étrangers de passage, qui n'intéressent personne, des parasites, comme il y en a tant, c'est le mot utilisé par le carabinier. Il a dit aussi qu'il nous laissait un quart d'heure pour nous décider et pour choisir. Ou ils embarquent la fille, ou vous payez, monsieur Hammett. J'ai demandé à Roberto s'il savait où je pourrais trouver un distribanque, ça ne devait pas être trop difficile. Il m'a approuvé d'un hochement de tête adressé aussi au chauffeur, qui a répondu par gestes, et son collègue a saisi Luisa par le bras. Je l'ai vue blêmir. Alors, j'ai rallié l'agence bancaire, une ruelle plus loin, derrière la maison communale.

Sur place, j'ai introduit ma carte, composé le code secret et vidé mon compte de la somme fixée par le policier. J'ai sélectionné l'icône, retrait à crédit, et non retrait comptant, lequel m'aurait été refusé, vu l'état de mes finances. Les billets, neufs, sont arrivés l'un après l'autre dans un glissement d'automate. Je les ai pliés en deux pour les ranger dans ma poche, et nous sommes revenus vers la voiture des carabiniers. En marchant, Roberto m'a prévenu, je ne devais pas toucher un seul mot de cette opération à Michelini. C'est entre nous que ça se passe, a-t-il conclu.

L'officier a empoché l'argent, en tendant les cinq premières coupures à Roberto. Il n'a pas eu un regard pour moi. J'ai pensé alors qu'il ne voulait pas prendre le risque de fixer mon visage. Il ne me connaissait pas, ne m'avait jamais vu. Son collègue a libéré Luisa.

La sonnerie du smartphone s'est déclenchée. Maintenant, je pouvais décrocher en toute sécurité. Michelini m'a demandé si j'avais le moral, et si tout se passait bien avec Roberto. J'ai pensé à Luisa. J'ai répondu que tout allait bien, qu'il n'y avait aucun problème.

Il a fixé un prix, et j'ai fait signe à ma femme, qui s'est approchée. J'ai dit le montant. Elle a répondu que c'était possible. Michelini a poursuivi : Ça vaut jusqu'à la frontière, pour deux personnes. Dès le paiement, vous ne me devez plus rien. Vous vous adresserez au passeur, l'épicier donnera les indications, c'est son fils. Pensez aussi à changer de vêtements, Melvil, vous ne pouvez pas voyager habillé comme ça, en costume de lin, vous risquez de vous faire remarquer. Et madame Luisa, elle est vêtue comment… ? A-t-elle pris le temps de se changer à l'hôtel ? J'ai répondu que je verrais avec le fils de l'épicier.

Vous repartez d'Acireale, a poursuivi Michelini. Une barque vous attend. Le terminus, pour vous, la zone portuaire, puis la gare ferroviaire de Gênes. Jusque-là, le voyage se fait par bateau, vous ne serez pas seuls, mais en groupe. Personne ne parle la même langue, cependant, vous verrez, l'ambiance à bord est en principe plutôt sympathique. À Gênes, vous et madame prendrez une navette, et un peu plus loin, il faudra passer la douane, vous vous mêlerez au flot des passagers, ça débarque tous les jours, ça passe, ça revient. Il y a foule. La frontière, avec un peu de chance, on peut la traverser sans trop de difficultés. Simplement, ça peut prendre du temps. Et de l'autre côté, on peut emprunter le chemin par la montagne, mais aussi, il y a des trains réguliers entre les deux pays.

CET OUVRAGE A ÉTÉ ACHEVÉ D'IMPRIMER
LE TREIZE MAI DEUX MILLE VINGT-DEUX
DANS LES ATELIERS DE NORMANDIE ROTO
IMPRESSION S.A.S. À LONRAI, 61250, FRANCE

N° D'ÉDITEUR : 6854
N° D'IMPRIMEUR : 2204510

ISBN : 978-2-7073-4770-1
Dépôt légal : septembre 2022